Y GROES NAIDD

Lyn Jones a
Mel Hopkins

Gomer

Cyflwynedig i Elin a'm mhlant, Ifan a Sara ~ Lyn Jones
I Cathy a'r plant, Owen, Daniel ac Alys ~ Mel Hopkins

Cyhoeddwyd yn 2012 gan Wasg Gomer, Llandysul,
Ceredigion SA44 4JL
www.gomer.co.uk

ISBN 978 1 84851 539 0

Dymuna'r cyhoeddwyr gydnabod cymorth
Cyngor Llyfrau Cymru.

Argraffwyd a rhwymwyd yng Nghymru gan
Wasg Gomer, Llandysul Ceredigion.

Pennod 1

Cilmeri 1282

ANELODD STEPHEN FRANKTON gic at y corff i wneud yn siŵr nad oedd bywyd ynddo, yna tynnodd ei fwyell o'i gwdyn. Rhaid iddo frysio. Tynhaodd ei afael ar yr arf a'i ddal uwch ei ben. Gydag un symudiad chwim, hedfanodd y fwyell drwy'r awyr a hollti gwddwg y truan a orweddai'n fud ar y glaswellt. Chwistrellodd y gwaed mewn ffrydiau tuag at Frankton. Caeodd ei geg yn dynn wrth i'r hylif coch adael blas ar ei wefusau. Poerodd yn ffyrnig i'r llawr. Roedd un ergyd yn ddigon. Oedodd am eiliad i sychu'r gwaed a ddiferai o'i wyneb cyn gafael yn y pen. Fe'i daliodd led braich o'i flaen yn y niwl a oedd yn prysur gau o'i gwmpas. Trodd y pen yn ei law nes ei fod yn ei wynebu. Syllai'r llygaid llonydd arno. Gwenodd Frankton yn greulon cyn stwffio'r pen i'r cwdyn lledr am ei ganol.

Wrth i Frankton a'i gwmni bach o farchogion droi eu ceffylau i gyfeiriad byddin Lloegr, gellid clywed eu chwerthin anwaraidd yn atseinio drwy'r gwyll yn nyffryn tawel Bro Irfon. Ni wyddai'r milwyr fod pâr o lygaid yn dilyn eu symudiadau drwy'r tarth. Ni wyddent chwaith pwy oedd y milwr roedd Frankton newydd ei ladd; nid oedd lifrai ar y corff i ddangos ei statws na'i dras. Ond gwyddai Frankton am un Cymro fyddai'n adnabod y pen yn y cwdyn. Doedd dim amser i'w golli; roedd yn rhaid iddo gael gafael ar Owain, y bradwr o Gymro oedd yn aros gyda'r brif garfan yng nghwmni Roger Lestrange. Bu tad Owain, Gruffudd ap Gwenwynwyn, yn brwydro yn erbyn tywysogion Gwynedd ers degawdau ac roedd Owain yn awyddus i ddilyn ôl troed ei dad. Doedd dim syndod fod y Cymry ar fin cael eu concro, a hwythau'n cecru gyda'i gilydd fel hyn, meddyliodd Frankton. Roeddent yn ymddwyn fel yr eryrod hynny a welodd ym mynydd-dir y gogledd, yn hofran ar y cyrion ac yn aros eu cyfle i fanteisio ar wendid. Poerodd Frankton unwaith eto, a daeth gwên i'w wyneb wrth iddo ystyried y fuddugoliaeth oedd o fewn gafael y Saeson.

Gorweddai Huw ab Ithel ar ei fol mewn llwyn o redyn ychydig lathenni o'r fan lle bu'r ysgarmes, gan geisio dirnad yr hyn roedd newydd ei weld. Bu'n rhaid iddo gyfogi pan welodd y Sais yn gwawdio pen ei arglwydd, ac roedd arno ofn y byddai'r cythraul yn amharchu'r corff yn waeth. Aeth ias trwyddo wrth iddo gofio'r hyn a ddigwyddodd i gyfaill Llywelyn, Simon de Montfort, ychydig flynyddoedd ynghynt; torrwyd pen a phidyn hwnnw i ffwrdd ar faes y gad yn Evesham, stwffiwyd ei bidyn i mewn i'w geg, ac anfonwyd y pen at wraig y buddugwr, Roger de Mortimer, fel anrheg i gofio am ei fuddugoliaeth dros elynion y brenin.

Ond yn awr, gwelai Huw ab Ithel fod y Saeson ar fin cilio, ac wrth i'r marchog olaf ddiflannu i dywyllwch y prynhawn hwyr, teimlai'n ddigon diogel i godi'i ben yn uwch. Fel caplan personol Llywelyn ap Gruffydd, roedd wedi gobeithio yn ei galon y câi gyfle i roi eneiniad olaf i'r brenin cyn iddo ymadael â'r byd hwn. Ond nawr, wrth iddo syllu ar y gyflafan o'i flaen, sylweddolodd na fyddai hynny'n bosib. Yn raddol bach safodd ar ei draed ac ymlwybro'n llechwraidd tuag at y corff. Curai ei galon fel gordd wrth iddo ddynesu. Gorweddai cyrff ei gyd-Gymry yma a thraw, eu hanafiadau erchyll yn dyst i ffyrnigrwydd y frwydr – gwaed yn dal i lifeirio o'r man lle bu braich un ohonynt, llygad yn hongian ar foch un arall. Cyfogodd unwaith eto a rhoi ei law dros ei drwyn i gadw arogl uffernol y meirw o'i ffroenau. Symudodd yn nes, nes . . . ac yno, ar y glaswellt wrth ymyl ei draed, gorweddai'r brenin di-ben. Disgynnodd ab Ithel ar ei liniau mewn dagrau. Cofleidiodd y corff gan weddïo'n ddi-baid. Cododd ei wyneb at yr entrychion a bloeddio'i boen i gyfeiriad ei Dduw anweledig.

Gwyddai Huw ab Ithel yn dda am y man cudd lle cadwai'r brenin ei drysor pennaf. Rhoddodd ei law o dan grys isaf y corff ac ymbalfalu yn y boced oedd uwchben calon lonydd ei feistr. Gafaelodd yn y gadwyn a'i thynnu o'r boced. Ynghlwm wrth y gadwyn roedd llestr bychan. Agorodd y llestr yn ofalus, ei ddwylo gwaedlyd yn crynu. Nid oedd wedi beiddio credu y gallai fod yno o hyd. Ond dyna lle roedd hi! Llifodd y dagrau unwaith eto. Gweddïodd Huw ab Ithel yn daer dros enaid ei frenin, yna estynnodd ei law i dynnu'r hyn y bu'n chwilio amdano o'r llestr. Daliodd y darn bach o bren o'i flaen gan sgrechian yn druenus, 'Groes Naidd, pa bwrpas i ti nawr? Ble mae dy hud nawr? Ble mae'r addewid i amddiffyn dy bobl? Ble mae dy nawdd dwyfol?'

Rhosferig, y noson cynt

Syllai Llywelyn ar y môr o filwyr oedd wedi ymgasglu'n dyrfa o'i flaen. Y tu ôl iddo, mewn hanner cylch, safai ei ddynion mwyaf ffyddlon, yn barod i ateb galwad y brenin. O amgylch ei wddf roedd cadwyn drwchus, ac ynghlwm wrth hon roedd cist fach efydd wedi'i haddurno ag aur, emrallt a saffir. Hoeliai'r gist sylw'r rhai hynny oedd yn medru ei gweld yn iawn. Ond gwyddai pob copa gwall*tog yn y fyddin beth oedd cynnwys y gist.

Cyfarchodd y brenin ei ddynion. 'Dyma awr ein tynged. Dyma ddymuniad Duw. Yfory byddwn yn cyfarfod â'r gelyn. Ni fydd ein Harglwydd yn troi ei gefn arnom. Gyda ni y mae'r arwydd o'i nerth a'i nawdd!'

Ar hyn, agorodd Llywelyn y gist a orweddai ar ei frest. Gyda gofal anghyffredin, gafaelodd yn y trysor sanctaidd o'i mewn a'i ddal yn uchel i bawb gael ei weld. Clywyd ebychiadau o barch ymysg y milwyr, a syrthiodd y lliaws ar eu gliniau fel un dyn, yn ymgrymu o'i flaen. Roedd y crair yn llawer rhy sanctaidd i'w llygaid nhw. Wrth i gaplan y brenin eu harwain mewn gweddi, daliai

Llywelyn y darn o'r Wir Groes yn ei ddwylo, y darn bach o bren a fu ar un adeg yn rhan o'r Groes y bu Iesu Grist farw arni – y Groes Naidd.

O'i safle freintiedig y tu ôl i'r brenin, gwelai Huw ab Ithel y cyfan. Roedd ei feddwl yn ddryslyd a'i enaid mewn gwewyr, ond ni feiddiai ddangos hynny i'r dynion a safai bob ochr iddo. Y mae ar ben arnom ni, meddyliai. Bu Llywelyn yn arweinydd o fri, ond bellach doedd dim gobaith; bu gormod o golledion. Yfory byddai'r Saeson yn ennill y dydd. Byddai'n rhaid i ab Ithel sicrhau ei fod ar yr ochr iawn. Gwyddai fod brenin Lloegr ar dân eisiau cael gafael ar y Groes Naidd; roedd y cadno hwnnw'n gwybod y byddai'r Cymry'n digalonni hebddi. Edrychodd ar y crair yn nwylo'i arglwydd a phenderfynu y byddai'n rhaid iddo gael gafael arno – dyna'i unig obaith! Gweddïodd Huw ab Ithel yn dawel y byddai Duw yn trugarhau wrtho . . . gan wybod yn iawn na fyddai'r Cymry byth yn maddau iddo.

Pennod 2

Yng nghaffi Costa, Park Place, Caerdydd, eisteddai'r Athro Emyr James wrth fwrdd yn ymyl y ffenest. Rhoddodd dair llwyaid o siwgwr yn ei gwpan a'i droi'n araf, gan fwyta darn o'i gacen blas coffi a chnau Ffrengig. Byth ers i'r caffi hwn agor bu Emyr yn gwsmer ffyddlon; roedd mewn man mor gyfleus i'w swyddfa yn y brifysgol, a'r arlwy o gacennau amrywiol yn dipyn o atyniad i ddyn oedd yn meddu ar ddant melys. Trodd ei gopi o'r *Western Mail* at y ffenest er mwyn goleuo'r dudalen yn well. Ers blynyddoedd bellach roedd ei olwg wedi bod yn dirywio, ond roedd eistedd wrth ymyl ffenest neu o dan olau cryf yn help iddo ddarllen print mân papurau newydd. Gafaelodd yn ei gwpan a chymerodd lwnc o goffi. Eisteddodd yn ôl yn ei sedd a throi ei ben i edrych ar brysurdeb y stryd tu allan.

Er nad oedd hynny'n amlwg iawn i unrhyw un arall, roedd Emyr James wedi cyffroi drwyddo. Roedd newydd dreulio tridiau buddiol iawn yn Llundain, a theimlai o'r diwedd fod darnau jigsô ei ymchwil yn syrthio i'w lle. Cawsai gadarnhad fod ei ragdybiaethau'n gywir, a mentrodd ei ganmol ei hun bod ei weledigaeth hanesyddol yn gywir. Daeth teimlad o fodlonrwydd drosto nawr wrth iddo gynllunio'i weithgareddau ar gyfer y diwrnod yn ei ben. Bwriadai dreulio'r prynhawn yn ei swyddfa lle byddai'n cyfuno'r darganfyddiadau diweddaraf â gweddill yr ymchwil. Yna, edrychai ymlaen at noson fach dawel yng nghwmni Jenny. Bob nos Wener, arferai Emyr gasglu *takeaway* ar ei ffordd adref o'r brifysgol a phrynu potel o win i'w fwynhau gyda'i wraig. Roedd Jenny ac yntau wedi bod ar gwrs undydd yn ddiweddar, cwrs gwerthfawrogi gwin, ac roedd y ddau wedi cael hwyl fawr ar ehangu eu gwybodaeth am winoedd y byd. Estynnodd am ei gwpan eto a meddwl y byddai'n syniad da cael potel o Riesling heno i fynd gyda'r bwyd Indiaidd.

Yng nghornel bella'r caffi, â'i lygaid ar yr Athro, eisteddai dyn pryd tywyll. Ar y bwrdd o'i flaen roedd cwpanaid o goffi, heb ei gyffwrdd, ond ni fwriadai'r dyn yfed yr un diferyn ohono. Estynnodd i boced ei siaced ledr a thynnu pecyn o sigaréts Fortuna ohoni. Wrth iddo roi un yn ei geg yn barod i'w thanio, cofiodd am y rheol dim ysmygu, ei thynnu'n ffyrnig o'i geg a'i rhoi'n ôl yn y pecyn. Melltithiodd y rheol ddiawledig o dan ei anadl. Edrychodd ar y coffi o'i flaen a melltithio eto. Dim ond ers pythefnos y bu yn y wlad, ond roedd hynny'n ddigon i'w berswadio nad oedd yn hoffi'r lle; nid yn unig roedd y coffi'n ffiaidd ond hefyd roedd pob math o reolau wedi cael eu dyfeisio i atal mwynhad yr unigolyn. Trodd eto i edrych ar y dyn yn ymyl y ffenest. Diolch byth nad oedd raid iddo aros yma'n rhy hir; roedd ganddo waith i'w gyflawni ac yna byddai'n dychwelyd adref i'w wlad ei hun. Gwenodd wrth feddwl pa mor hawdd y bu i dorri trwy system ddiogelwch y brifysgol – amaturiaid llwyr, meddyliodd.

Ar ôl iddo sefydlu'i fusnes llewyrchus ddeng mlynedd yn ôl, bu'n byw'n fras ar yr enillion ac yn teithio'r byd yn sgil ei ymchwil. Ochr anffodus y gwaith oedd gorfod delio ar adegau gyda phobl ystyfnig; ni châi unrhyw fwynhad o sicrhau nad oedd y bobl hynny'n siarad nac yn mynd at yr awdurdodau gyda'u stori. Roedd ychydig o *collateral damage* yn anorfod yn y math yma o waith. Gwyliodd wrth i'r Athro godi o'i sedd a phlygu'i bapur newydd o dan ei gesail. Roedd wedi gobeithio y byddai hwn yn wahanol.

■

Gwyddai Emyr y byddai'n rhaid ailysgrifennu'r llyfrau hanes o ganlyniad i'r darganfyddiad yma. Eisteddodd yn ôl yn ei gadair am ennyd i fwynhau'r teimlad o foddhad a ddeuai o wybod bod ei waith a'i ymdrechion wedi dwyn ffrwyth. Edrychodd ar y llyfrau oedd yn llenwi silffoedd ei swyddfa, gannoedd ohonynt, a daeth ton o hunanfodlonrwydd drosto wrth sylweddoli y byddai un llyfr arall ar y silffoedd hynny cyn bo hir – un o'i eiddo'i hunan, i ychwanegu at y tri llyfr roedd eisoes wedi'u cyhoeddi ar hanes Cymru. Ond teimlai'n hyderus y byddai ei gyfraniad diweddaraf i'r maes academaidd yn creu tipyn mwy o argraff na'r tri chyhoeddiad arall.

Roedd bod yn Bennaeth yr Adran Hanes ym mhrifysgol y brifddinas yn dod ag ambell fantais yn ei sgil; roedd y stafell hon yn un gyffyrddus a chanddi olygfa ddigon pleserus o'r gerddi islaw. Erbyn hyn, roedd y stafell yn rhyw fath o gartref oddi cartref, ac ystyried cymaint o amser y treuliai Emyr ynddi. Yn wir, bu hyn yn achos cynnen rhyngddo ef a'i deulu ar sawl achlysur ac yn destun digrifwch ymhlith aelodau eraill yr adran Hanes; roedd straeon ar led fod Jenny, ei wraig, yn amau ei fod yn rhoi gormod o sylw i faterion allgwricwlar. Ond y gwir plaen oedd ei fod yn manteisio ar bob munud sbâr i wneud gwaith ymchwil ar bwnc oedd wedi ei gyfareddu ers y gwersi Hanes yn ei hen ysgol gynradd yn Llandeilo. Am y pum mlynedd diwethaf bu ei fywyd yn cylchdroi o gwmpas ei ymgais i wybod beth ddigwyddodd i'r Groes Naidd. Ac yn awr, roedd yn bryd rhoi darn olaf y jig-so yn ei le. Llyncodd weddillion ei goffi ac estyn am ei ffôn symudol. Roedd yn awyddus i ddweud y cyfan wrth ei gyd-ddarlithydd a'i ffrind, Dylan. Dim ond awr ynghynt roedd wedi anfon neges destun ato'n trefnu cyfarfod yn ei swyddfa am bedwar o'r gloch. Dechreuodd decstio'i gyfaill am yr eildro:

Dylan – sori! Newid trefniadau, wedi dod o hyd i wybodaeth anhygoel – rhaid i ni drafod nawr – eisiau dod â'n cyfarfod mlaen i 3pm – dere draw i'r swyddfa – paid dweud wrth neb – daeth rhywun amheus i weld fi – eisiau i fi roi'r gorau i'r ymchwil! Elli di gredu hynny? Ddweda i bopeth nes mlaen. Dere draw â'r llyfr wnes i fenth

Chafodd Emyr James ddim cyfle i gwblhau'r frawddeg olaf. Erbyn iddo droi ei ben i weld pwy oedd wedi sleifio i mewn i'r swyddfa y tu ôl iddo, roedd nodwydd wedi treiddio trwy ei grys gwyn ac i mewn i'r cnawd yn ei gesail. Ynghlwm wrth y nodwydd, roedd chwistrell yn llawn adrenalin yn barod i bwmpio i mewn i'w gorff. Yn gafael yn y chwistrell, roedd dyn yn syllu arno yn hollol ddigyffro. Heb oedi, gwasgodd ei fys i lawr ar dop y chwistrell a llenwyd gwythiennau'r Athro â'r hylif. Roedd ceg Emyr James yn llydan agored wrth iddo geisio gwneud synnwyr o'r hyn oedd yn digwydd iddo yn ystod ei eiliadau olaf, ond ni allai yngan gair; roedd yr hylif eisoes wedi rhoi pall ar ei gylchrediad gwaed.

Tynnodd y dieithryn y nodwydd o gorff yr Athro a mynd ati i dacluso. Yn gyntaf, rhoddodd y corff i orffwys yn y gadair mewn ystum a edrychai fel pe bai'n dal i weithio wrth y ddesg. Gafaelodd yn y ffôn symudol oedd wedi syrthio i'r llawr a'i roi yn ei boced. Nesaf, trodd ei sylw at y cyfrifiadur a mynd ati i ymbalfalu yng nghefn y peiriant. Buan y llwyddodd i gael gafael yn yr hyn y chwiliai amdano, sef y ddisg galed. Rhoddodd honno ym mhoced fewnol ei siaced ledr ac aeth draw at y cwpwrdd ffeilio yng nghornel bella'r stafell. Gafaelodd mewn bwndel o ffeiliau o'r cwpwrdd ac aeth 'nôl at y ddesg. Wrth iddo ystyried am eiliad beth i'w wneud â'r papurau di-ri oedd yn gawlach llwyr o'i flaen, clywodd sŵn traed yn y pellter. Er bod y sŵn yn dawel, sylweddolodd fod y traed yn dod yn nes a'u bod yn dringo i ben y grisiau oedd yn arwain i'r coridor y tu allan i'r stafell. Roedd amser yn brin. Gafaelodd mewn cymaint o bapurach ag y gallai a'u stwffio, ynghyd â'r ffeiliau eraill, i'r cwdyn ar ei gefn. Ar wahân i'r drws, yr unig ffordd allan o'r stafell oedd trwy'r ffenest. Gwthiodd y ffenest ar agor ac edrych ar y gwagle oddi tano. Clywodd ddrws y coridor yn gwichian . . . doedd dim dewis ganddo.

∎

'O, shit!' Darllenodd Dylan Jones y neges destun am yr eildro jest i wneud yn siŵr nad oedd wedi camddeall. Na, roedd y neges yn gwbl glir: roedd yr Athro'n awyddus i'w weld am bedwar o'r gloch y prynhawn hwnnw. Estynnodd Dylan fraich lipa o grombil ei wely cynnes ac ymbalfalu am y gwydryn o ddŵr roedd wedi'i osod ar y ford fach cyn mynd i gysgu. Ond wrth i'w fysedd diffrwyth ymbalfalu amdano, bwrodd y gwydryn drosodd a llifodd y dŵr i bobman. O'r foment y digwyddodd hyn, gwyddai Dylan na fyddai heddiw'n ddiwrnod hawdd. Gorffwysodd ei ben yn ôl ar y gobennydd ac ystyried aros yno am weddill y diwrnod – fel yna, byddai llai o siawns i rywbeth arall fynd o'i le. Pam gythraul oedd Emyr eisiau ei weld yn ystod gwyliau'r haf? Edrychodd ar y cloc wrth ymyl y gwely a sylweddoli ei bod yn 3.10 p.m. Grêt, meddyliodd, dim ond hanner can munud i gael cawod, gwisgo, a chyrraedd y brifysgol – a'r cyfan gan geisio ymddangos fel petai heb ymladd deuddeg rownd yn erbyn Joe Calzaghe.

Roedd neithiwr yn dipyn o noson; roedd ei gynllun ef a'i ffrindiau i gael un peint yn y Butchers yn Rhiwbina wedi cael ei addasu'n raddol i bedwar peint wrth iddo dreulio llawer gormod o amser yn ceisio tynnu sgwrs gyda'r ferch bert oedd newydd ddechrau gweithio y tu ôl i'r bar. Ond wrth i'r noson fynd yn ei blaen, daeth yn amlwg nad oedd ganddo siawns o lwyddo i dynnu sylw'r ferch oddi ar ei swydd newydd. A bod yn onest, wrth feddwl amdani heddiw, roedd hi'n ddigon ifanc i fod yn un o'r myfyrwyr yn ei ddosbarth yn y brifysgol. Ond buan y diflannodd unrhyw bigiad o euogrwydd wrth iddo gofio pa mor ffodus y bu wrth gael ei apwyntio'n un o'r darlithwyr ifanca erioed yn yr Adran Hanes. Aeth y noson yn ei blaen wrth i'r criw ddal tacsi i'r dre a chael mynediad i Tiger Tiger. Cafodd Dylan fwy o hwyl yn y clwb nos gydag un ferch yn arbennig, a llawer gormod o hwyl gyda'r gwin coch.

'Dylan, babes . . . come back to bed!'

Deuai'r llais cysglyd o berfeddion y dillad gwely wrth ei ymyl. Llifodd atgofion melys am y ferch yn y clwb nos yn ôl. Edrychodd Dylan ar siâp ei chorff o dan y dwfe, a'r nyth o wallt du ar y gobennydd.

'Sorry, love. Looks like I'll have to go to work,' meddai'n anfodlon.

'Work? In your holidays? You said you were a lecturer, you liar! Or should that be *lecher*?'

'Call me what you like, gorgeous! No, honestly – it's my boss. He wants to see me. Look, help yourself to everything, alright? I'll see you later.'

'Yeah, don't worry babes. I'm going nowhere.'

Ers iddo ddechrau gweithio yn y brifysgol ddwy flynedd yn ôl, roedd perthynas Dylan Jones gyda phennaeth yr adran, yr Athro Emyr James, wedi datblygu'n gyfeillgarwch a theimlai erbyn hyn fod yr Athro'n eithaf hoff ohono. Cofiai un o'r sgyrsiau hir a gawsant yn swyddfa Emyr, ymhell ar ôl i bawb arall yn yr adran fynd adre, a'r Athro'n dweud wrtho nad oedd wedi cwrdd â darlithydd tebyg iddo o'r blaen. Yn wir, dwedodd ei fod yn ei atgoffa ohono'i hun pan oedd yntau'n cychwyn ar ei yrfa academaidd. Y geiriau oedd yn aros yng nghof Dylan oedd, *Dwyt ti ddim fel y lleill; rwyt ti'n hanesydd wrth reddf. Dwyt ti ddim yn fodlon derbyn pethau ar yr olwg gyntaf.*

Un noson fis Chwefror diwethaf yn ystod sgwrs anghyffredin o hir, dywedodd Emyr ei fod ar fin cwblhau'r ymchwil oedd wedi llyncu cymaint o'i amser dros y blynyddoedd diwethaf. Cam a naid bach arall, ac mi fyddai mewn sefyllfa i gyhoeddi'i ddarganfyddiadau cyffrous i'r byd hanesyddol. Ni ddatgelodd Emyr ragor, ond gwyddai Dylan mai ymchwilio i hanes rhywbeth o'r enw y Groes Naidd oedd Emyr – darn bach o bren y credai'r hen Gymry ei fod yn rhan o groes Iesu Grist.

Dechreuodd y cyfeillgarwch rhwng Dylan ac Emyr pan fu Dylan yn mynychu darlithiau'r Athro pan oedd ef ei hun yn fyfyriwr ym mhrifysgol Caerdydd. Ac yntau'n awr yn ymbalfalu o gwmpas y stafell wely yn ceisio dod o hyd i'r dillad a ddiosgwyd mewn brys nwydus y noson cynt, cofiodd Dylan am un achlysur arbennig o'r cyfnod hwnnw. Ar ddiwrnod cyntaf arholiadau terfynol y drydedd flwyddyn roedd ffrind gorau Dylan, Mark Evans, wedi methu ymddangos yn y neuadd ar Senghennydd Road, cymaint oedd ei bryder ynglŷn â'r dasg oedd o'i flaen. Pan ddeallodd Dylan beth oedd wedi digwydd, a heb ystyried y canlyniadau, dihangodd o'r neuadd i chwilio am ei gyfaill yn y tŷ a rannent ar Cathays Terrace. Erbyn iddo geisio perswadio Mark i ddod i'r neuadd arholiad, a methu, yna rhedeg yn ôl i'r brifysgol, doedd dim digon o amser ganddo i gwblhau'r cwestiynau ar y papur. Cofiai Dylan yn dda sut deimlad oedd gwylio pawb arall yn gadael y neuadd ar ôl gorffen eu papurau. Roedd fel petai cwmwl du wedi disgyn arno; roedd wedi gwneud cawlach llwyr o'i gyfle i ennill gradd dda yn y pwnc oedd yn golygu cymaint iddo. Yna, roedd Emyr wedi ymddangos yn nrws y neuadd. Gwelodd Dylan yr Athro'n cael gair â'r goruchwyliwr cyn cerdded draw at ei ddesg. Roedd Emyr am iddo orffen ei arholiad, am iddo gael pob tegwch, a chael yr un amser i ateb y cwestiynau ag oedd pawb arall wedi'i gael. Anghofiodd Dylan fyth y gymwynas honno. Oni bai am gefnogaeth Emyr, a'i ffydd ynddo fel hanesydd, gwyddai Dylan na fyddai byth wedi mentro i'r byd ysgolheigaidd.

Doedd dim byd ym magwraeth Dylan oedd yn awgrymu y byddai'n dilyn gyrfa academaidd; roedd ei dad yn gweithio i'r Bwrdd Trydan a'i fam yn nyrs yn Ysbyty Meddwl yr Eglwys Newydd. Ond roedd y diddordeb mewn hanes wedi cydio ynddo un prynhawn Sadwrn pan oedd yn blentyn un ar ddeg mlwydd oed. Ar y diwrnod hwnnw, roedd ei dad wedi dweud ei fod am fynd ag ef am dro o gwmpas Llandaf, dafliad carreg o'u cartref ar gyrion yr hen bentref. Roedd Dylan wedi cwyno a strancio a dweud wrth ei dad ei fod wedi gweld pob modfedd o'r lle tra oedd yn chwarae yno droeon gyda'i ffrindiau. Gwenodd ei dad a dweud efallai y câi weld rhywbeth newydd y diwrnod hwnnw. Ar ôl cyrraedd yr hen groes bregethu o flaen yr Eglwys Gadeiriol, stopiodd ei dad. Gofynnodd i Dylan edrych o'i gwmpas a disgrifio beth oedd yn ei weld. Hen eglwys, hen adfail a hen groes oedd ei ateb yntau. Yna, aeth ei dad ymlaen i drafod y tri pheth roedd wedi'u henwi. Pwyntiodd at yr hen adfail, oedd gynt yn gartref i esgobion Llandaf, ac eglurodd sut y cafodd hwnnw ei losgi'n ulw gan Owain Glyndŵr yn ystod ei ryfel i ennill annibyniaeth i Gymru. Yn ymyl y groes hynafol lle safent, bu Gerallt Gymro yn pregethu mewn Lladin a Chymraeg wrth drigolion Llandaf ac yn eu siarsio i ymuno â'r Drydedd Groesgad. Roedd rhai o'r pentrefwyr wedi ymuno â mintai enfawr o bobl a gerddodd o Brydain a gwledydd eraill Ewrop i geisio rhyddhau Jeriwsalem o afael y Moslemiaid. Adeiladwyd yr Eglwys Gadeirol anferth o'u blaenau ar seiliau adeilad llawer mwy syml a godwyd gan Sant Dyfrig. Yn ôl yr hanes, Dyfrig oedd yr un a roddodd goron ar ben y Brenin Arthur, arwr y Cymry yn y chweched ganrif.

Nid oedd Dylan erioed wedi tybio y gallai'r digwyddiadau hyn fod yn rhan o hanes ei ardal enedigol, y filltir sgwâr lle roedd wedi treulio oriau maith yn chwarae cuddio gyda'i ffrindiau o gwmpas yr hen furiau. Cafodd y prynhawn Sadwrn hwnnw effaith hynod ar y bachgen ifanc. Cafodd ei frathu gan y *bug* hanesyddol. Teimlai'n hynod ddiolchgar i'w dad am agor drws iddo oedd yn arwain i fyd arall – byd llawn dirgelwch, byd roedd yn ysu i ddarganfod mwy amdano.

Edrychodd Dylan ar ei oriawr a rhegi wrth sylweddoli faint o'r gloch oedd hi. Doedd dim amser i hel meddyliau. Aeth 'nôl i'r stafell wely a phlannu cusan ar dalcen y ferch oedd yn prysur lithro 'nôl i fyd cwsg. Daeth sŵn mwmblan annealladwy o gyfeiriad y dillad gwely wrth i Dylan weiddi ffarwel gan redeg i lawr y grisiau at y drws ffrynt. Agorodd y drws a neidio i'r car oedd wedi'i barcio y tu allan i'r fflat. Roedd Dylan wedi llwyddo i berffeithio'r siwrnai o'i gartref yn ardal Birchgrove i'r gwaith a setlo ar y ffordd gyflymaf o ddeuddeg munud. Edrychodd ar y cloc digidol ar y dashfwrdd; dangosai 3.46 p.m. Perffaith! Efallai na fyddai'n ddiwrnod anodd wedi'r cwbwl.

■

Y peth gorau ynghylch dod i'r brifysgol yn ystod gwyliau'r haf oedd y tawelwch. Cael cyfle i feddwl yn glir, a rhyddid i archwilio silffoedd y llyfrgell heb gael eich styrbio gan fyfyrwyr y flwyddyn gyntaf. Cyrhaeddodd Dylan waelod y grisiau a arweiniai at stafell Emyr James a dechrau dringo. Wrth iddo ystyried manteision cyfnod y gwyliau, stopiodd Dylan yn stond ar ganol y grisiau . . . a gwrando. Roedd hwn yn dawelwch gwahanol i'r arfer. Disgwyliai glywed o leiaf rhyw fath o sŵn yn dod o gyfeiriad stafell yr athro; sŵn teipio ar y cyfrifiadur, efallai, neu lais Emyr yn meddwl yn uchel, fel y gwnâi weithiau pan oedd yn myfyfyrio . . . Na, dim byd . . . Mae'n rhaid bod yr ymchwil ddiweddaraf wedi ei gyfareddu i'r fath raddau nes gwneud iddo golli'i dafod am unwaith!

Anelodd Dylan am y drws, ei agor, a gweld bod yr Athro'n eistedd â'i gefn ato wrth ei ddesg ym mhen pella'r stafell. Roedd yn gwbl amlwg bod Emyr yn ddwfn yn ei feddyliau.

'Emyr! Hei, sut mae pethe? Dwi 'di dod â'r llyfr 'na 'nôl i ti. Sori am 'i gadw fe mor hir ond . . . ym . . . roedd yn ddefnyddiol iawn. Ym . . . Emyr? Emyr?'

Doedd yr Athro ddim wedi symud modfedd. Rhaid ei fod yn cysgu. Ha! Doedd Dylan ddim wedi ei ddal fel hyn o'r blaen! Rhoddodd ei law ar ei ysgwydd, ac wrth iddo ddechrau ei ysgwyd yn dyner, cwympodd pen yr athro'n ôl tuag ato. Neidiodd Dylan mewn braw, a theimlai'r sioc yn torri drosto fel ton. Roedd wyneb Emyr yn borffor, a rhythai ei lygaid fel pe baent yn crefu arno am eglurhad. Roedd ei geg yn llydan agored mewn sgrech ddistaw. Ceisiodd Dylan droi i ffwrdd oddi wrth yr wyneb arswydus, ond roedd yr ymbil yn y llygaid truenus wedi ei hoelio yn ei unfan.

Er mai ond ychydig eiliadau y bu Dylan yn sefyll yno'n syllu ar Emyr druan, teimlai fel oriau. Yn raddol, dechreuodd ei feddwl weithio a cheisiodd wneud synnwyr o'r olygfa o'i flaen . . . trawiad, efallai? Doedd e ddim yn credu bod Emyr yn dioddef o unrhyw gyflwr meddygol. Oedd yr Athro wedi tagu ar rywbeth? Nid fe oedd yr un i benderfynu – rhaid iddo alw am ambiwlans . . . os oedd unrhyw siawns . . . Gafaelodd Dylan yn ei ffôn symudol a phwyso'r rhifau'n grynedig.

Tra oedd yn aros am yr ambiwlans, edrychodd Dylan o'i gwmpas. Y peth cyntaf a'i tarodd oedd yr annibendod ar y ddesg. Nid Emyr oedd y person taclusaf wrth ei waith, ond roedd hyn yn wahanol; roedd pob math o bapurau, cylchgronau a llyfrau wedi'u gwasgaru driphlith draphlith ar hyd y ddesg ac ar y llawr o amgylch y ddesg. Ai Emyr oedd yn gyfrifol am y llanast, tybed, wrth wingo mewn poen? Digon posib. Y peth nesa sylwodd Dylan arno oedd y ffenest – roedd hi'n llydan agored. Er ei bod yn ddiwrnod gweddol gynnes, dyma'r tro cyntaf iddo weld ffenest stafell Emyr fel hyn. Aeth draw ati ac edrych ar y gerddi islaw, ond doedd dim byd anghyffredin i'w weld. Camodd Dylan yn ofalus drwy'r darnau papur oedd yn britho'r carped. Cadwodd ei olwg ar y llawr rhag ofn iddo sathru ar rywbeth; rywle yng nghefn ei feddwl roedd ganddo syniad na fyddai'n beth doeth symud unrhyw beth yn y stafell. Ond yn sydyn sylwodd ar un darn papur arbennig. Gallai weld taw ysgrifen Emyr oedd arno, ond yr hyn oedd yn tynnu'i sylw oedd llun o groes hynafol yr olwg. Aeth ar ei gwrcwd a chodi'r papur o'r llawr. Gwelodd Dylan fod Emyr wedi ysgrifennu'r geiriau 'St. George's Chapel, Windsor' o dan y llun o'r groes. Roedd rhyw gysylltiad rhyngddo â'r ymchwil, mae'n amlwg . . .

Torrwyd ar ei feddyliau gan leisiau'r parafeddygon yn galw arno o'r coridor. Stwffiodd y darn papur yn gyflym i boced ôl ei drowsus.

'Mr Jones! Mr Jones! Which room are you in?'

'In here!' gwaeddodd Dylan. 'Room 204!'

■

Cododd y dyn y ffôn cyhoeddus yng nghyntedd gwesty'r Park Plaza ar Greyfriars Road. Deialodd.

'Yes?'

'I didn't have time to tidy up.'

'And?'

'There was someone else.'

'Did he see you?'

'No.'

'Just keep an eye on him.'

Rhoddodd y ffôn yn ôl yn ei le a cherdded allan i'r nos.

Pennod 3

Llundain 1285

Know, sire, that the forces that you placed under my command fought with Llywelyn ap Gruffydd in the land of Builth on Friday after the feast of St Nicholas, and that Llywelyn ap Gruffydd is dead, his army broken, and all the flower of his men killed, as the bearer of this letter will tell you.

– Roger Lestrange, pennaeth byddinoedd Edward I yng nghanolbarth Cymru, 1282

Camodd Edward o gysgodion cyntedd y neuadd i wres yr haul y tu allan. Roedd yn ddiwrnod teg o Fai, a chododd ei wyneb tua'r awyr i arogli ffresni'r gwanwyn. Gafaelodd yn dyner yn llaw ei frenhines a'i harwain i ymuno ag ef yn y fintai liwgar oedd yn ymgasglu ar lannau'r Tafwys yng nghysgod y Tŵr Gwyn. Gwenodd hithau wên o foddhad, a safodd y ddau am ennyd i fwynhau'r olygfa liwgar. Chwifiai baneri'r llys o'u hamgylch, a dawnsiai nodau'r pibau a churiadau'r drwm ar yr awel ysgafn. Ymledodd gwên dros wyneb Edward wrth iddo brofi am yr eildro y teimlad a ddaeth drosto pan ddarllenodd eiriau llythyr Roger Lestrange y diwrnod gorfoleddus hwnnw dair blynedd yn ôl. Dyma oedd penllanw ei holl obeithion; roedd wedi llwyddo i roi taw ar y Cymry o'r diwedd. Nid yn unig cawsai wared ar Lywelyn a'i frawd twyllodrus, Dafydd, ond roedd hefyd wedi meddiannu rhywbeth llawer mwy gwerthfawr na hynny. Trodd ei olwg i gyfeiriad yr hyn oedd yn ganolbwynt i'r dathliadau.

Ychydig lathenni o flaen Edward ac Eleanor, ac yn arwain yr orymdaith frenhinol, cerddai Gregory de Rokesley, Arglwydd Faer Llundain, a John Peckham, Archesgob Caer-gaint. Er ei bod yn gynnar y bore, roedd yr Archesgob yn dechrau teimlo effaith y gwres o dan ei fantell o wlân coch. Bu'n edrych ymlaen at yr achlysur hwn ers rhai wythnosau, ond yn awr, dan bwysau ei ddillad seremonïol a'r haul yn codi'n uwch yn yr awyr, nid oedd mor sicr a fyddai'n mwynhau wedi'r cwbl. I ychwanegu at ei broblemau, gafaelai'n dynn mewn eilun o bres trwm ar ffurf croes. Ni wyddai John Peckham sut ar wyneb daear y byddai'n llwyddo i gerdded yr holl ffordd o'r Tŵr Gwyn i Eglwys Westminster heb ollwng y crair o'i afael. Prin y gallai gredu bod y trysor yn ei ddwylo meidrol ef; y tu mewn i'r gorchudd o bres roedd darn bach o bren a fu unwaith yn rhan o'r groes y croeshoeliwyd Iesu Grist arni – y groes honno a ddarganfuwyd gan y Santes Helena yn y Tir Sanctaidd bron i fil o flynyddoedd yn ôl. Gwyddai pa mor awyddus y bu Edward i gael ei ddwylo ar y groes, ac yn awr gafaelai ef ei hun yn yr hyn fyddai'n sicrhau gwaseidd-dra'r Cymry – y Groes Naidd. Heb hon i'w cynnal, byddai'r Cymry'n teimlo'n ddiamddiffyn a diobaith – heb ysbryd na chalon. O fewn ychydig oriau byddai'r groes hon yn ganolbwynt i seremoni fawreddog yn Westminster, a'r brenin yn ei derbyn i'w ddwylo ei hun, ynghyd â choron hynafol y Brenin Arthur – a'r naill drysor a'r llall yn symbolau o fuddugoliaeth Edward dros y Cymry.

Un arall oedd yn cymryd diddordeb mawr yn y Groes Naidd y diwrnod hwnnw oedd Huw ab Ithel. Roedd wedi adnabod Peckham yn syth, ac fe'i gwelai'n awr yn stryffaglu fel ffŵl dan ei faich drom. Er gwaethaf ei ymdrechion, ni fedrai Huw ab Ithel anghofio'r tro diwethaf y bu yng nghwmni John Peckham. Yng nghlochdy Eglwys Bangor yr oeddent – Einion ab Ifor, Goronwy ap Dafydd, Peckham ac yntau. Yn y lle hwnnw, dan gysgod nos, y cytunwyd ar y weithred fradwrus a arweiniodd yn y pen draw at y dathliadau mawr yn Llundain heddiw. Daethai'n amlwg na allai Llywelyn wrthsefyll ymosodiadau'r Saeson am lawer hirach, ac anfonwyd at Peckham i drefnu cyfarfod cyfrinachol. Roeddent am sicrhau y byddai Edward yn eu ffafrio petaent yn addo cefnogi ei ymgyrch a gwneud yn siŵr y byddai Edward yn derbyn y ddau beth hynny fyddai'n taro'r ergyd derfynol i wrthsafiad y Cymry. Gwyddai Edward mai'r Groes Naidd oedd un o greiriau pwysicaf Ewrop a'i bod yn ymgorfforiad o falchder y Cymry. Yn ogystal, byddai cipio coron y brenin Arthur yn dangos i'r byd mai Edward oedd gwir etifedd llinach hynafol brenhinoedd Prydain.

Flwyddyn yn ddiweddarach, yn Abaty Aberconwy, trosglwyddodd Huw ab Ithel y trysorau hyn i ddwylo Edward, yn ôl y cytundeb a seliwyd y noson honno ym Mangor. Ar y pryd, ceisiodd Huw ab Ithel ei ddarbwyllo'i hun ei fod wedi gwneud y dewis cywir; wedi'r cyfan, doedd dim gobaith gan y Cymry ac roedd yntau'n digwydd bod yn y lle iawn i wthio'r cwch i'r dŵr ynghynt. Do, bu'n rhaid derbyn gwobr wrth gwrs – clogyn hyfryd gwerth ugain swllt – a pha Gymro na fyddai'n ddiolchgar am gael addysg yn Rhydychen dan nawdd y brenin?

Erbyn hyn roedd yr osgordd wedi ymlwybro'n araf o gwmpas muriau allanol y Tŵr ac yn aildrefnu er mwyn cychwyn tuag at Westminster. Roedd torf o drigolion Llundain wedi dod i rannu'r dathliadau. Yn sydyn, yng nghanol y twrw, cododd gwaedd o ganol y dyrfa.

'Hey! Lowelen! You must be sunburnt up there – d'you want to borrow my hat?'

Roedd perchennog y llais yn pwyntio at y Tŵr uwch eu pennau. Gwelodd Huw ab Ithel fôr o wynebau'n edrych i fyny i weld beth oedd testun y sbort. Wrth iddo yntau wneud yr un peth, clywodd y trigolion yn poeri eu gwawd tuag at y Tŵr. Yno, ar ben polyn ar wal y castell, roedd pen Llywelyn ap Gruffydd. Ar ei gorun roedd olion y goron eiddew a osodwyd ar ei ben mewn ystum o wawd; fe goronwyd Llywelyn yn Llundain i wireddu dymuniad y Cymry.

O'i safle ar flaen yr osgordd, syllai Gregory de Rokesley yntau ar ben Llywelyn. Fel Peckham, roedd yr Arglwydd

Faer wedi bod yn edrych ymlaen at y seremoni fawr ers amser. Roedd newydd gael ei ethol yn Faer Llundain am yr wythfed tro, a heb os hwn oedd un o'r digwyddiadau mwyaf aruchel a mawreddog y bu'n rhan ohono. Ond wrth iddo edrych i fyny ar y Tŵr, daeth cysgod dros ei wyneb. Wrth ymyl pen Llywelyn roedd yna ben arall – pen Dafydd ap Gruffydd, brawd Llywelyn, y truan anffodus hwnnw a geisiodd ei alw'i hun yn Dywysog y Cymry ar ôl marwolaeth Llywelyn.

Saethodd ias trwy gorff de Rokesley wrth iddo gofio'r achos llys yn yr Amwythig ddwy flynedd yn gynharach pan ddyfarnwyd Dafydd yn euog o deyrnfradwriaeth. Medrai weld Dafydd yn awr yn cael ei wthio i'r llys mewn cadwynau, fel arth yn barod i gael ei larpio gan gŵn. Cofiodd iddo deimlo mymryn o gydymdeimlad tuag ato wrth ystyried y dynged oedd yn ei aros, a'r ffaith y buasai'n well petai wedi cael ei ladd ar faes y gad. Cofiodd glywed rhegfeydd y dorf a gweld y poer fel llysnafedd ar wyneb a gwallt y tywysog ffug wrth iddo gael ei lusgo y tu ôl i geffyl trwy'r strydoedd. Yna, wrth ymyl y Groes Fawr yng nghanol y dref, cofiodd yr erchylltra hwnnw na welodd ei debyg erioed o'r blaen. Crogwyd y Cymro, ond cyn iddo farw, torrwyd y rhaff er mwyn iddo gael byw'n ddigon hir i weld ei stumog ei hun yn cael ei rhwygo ar agor a'i berfeddion yn cael eu llosgi o'i flaen.

Weithiau, yng nghanol nos yn ei dŷ ar Lombard Street, byddai hunllef yr olygfa honno'n deffro Gregory de Rokesley o'i gwsg, a chlywai unwaith eto sgrechiadau anifeilaidd Dafydd wrth iddo gael ei dafellu fel un o'r moch ym marchnad Smithfield. Ar ôl hyn, meddyliodd de Rokesley, byddai unrhyw Gymro yn meddwl ddwywaith neu dair cyn hyd yn oed ystyried codi mewn gwrthryfel yn erbyn Edward. Yn sydyn, synhwyrodd de Rokesley fod yr osgordd ar fin ailgychwyn a cheisiodd wthio atgofion ofnadwy y diwrnod hwnnw yn yr Amwythig i gefn ei feddwl. Diolchodd i Dduw ei fod yn ôl yn ei brifddinas ei hun, yng nghanol pobl wareiddiedig.

Yn wahanol i'r Arglwydd Faer, ni allai Huw ab Ithel anghofio digwyddiadau'r blynyddoedd diwethaf. Wrth syllu ar bennau'r rhai fu gynt yn ei arwain ac yn ei gynnal, roedd mewn llesmair llwyr. Synhwyrai fod ei ddwylo'n tynnu ar ei glogyn; gafaelai mor mor dynn ynddo nes bod migyrnau ei fysedd wedi dechrau troi'n wyn. Rhaid iddo . . . geisio . . . anghofio. Ymdrechodd i anwybyddu'r lleisiau niferus oedd wedi ymuno yn y gwatwar . . . rhaid symud ymlaen. Wrth i'r osgordd ailgychwyn, gafaelodd Huw ab Ithel yn ei glogyn a lapio'i euogrwydd yn dynnach amdano.

Pennod 4

Pwysodd Dylan ei fys ar y gloch a'i chlywed yn canu'n dawel rywle ym mherfeddion y tŷ. Wrth iddo aros am ateb, sylwodd ar yr hen blanhigyn wisteria oedd yn fframio'r ffenestr fawr fwaog a wynebai'r stryd. Cofiodd iddo ryfeddu at y blodyn sawl tro pan fu'n ymweld â chartref Emyr a Jenny. Er gwaetha'r ffaith y gallai Dylan sgrifennu'r cwbl a wyddai am arddio ar gefn cerdyn post, edmygai grefft a dyfalbarhad rhywun oedd wedi llwyddo i greu'r fath sioe odidog. Gwyddai fod Jenny ac Emyr wedi treulio oriau llawen iawn yng nghwmni'i gilydd yn ailgynllunio'r gerddi eang oedd yn amgylchynu'r tŷ braf ar Heath Park Avenue. Aeth yn nes at y blodau porffor oedd yn crogi'n urddasol uwchben y ffenestr, ac yna oedodd. Roedd rhywbeth o'i le, meddyliodd. Gwelai fod y planhigyn yr un mor llewyrchus eleni ag o'r blaen – yr un mor drawiadol o ran ei liw a'i siâp – ond heddiw, roedd rhywbeth wedi newid. Ni lwyddai'r blodau i godi ei ysbryd yn ôl eu harfer. Yn hytrach, teimlai eu bod yn ei watwar. Roedd pob un o'r petalau bach porffor yn ymfalchïo yn eu ffyniant, ac yn arddangos eu hegni a'u bywiogrwydd i'r byd. Syllodd Dylan ar y blodau â llygaid newydd, a deall beth oedd wedi newid.

Clywodd Dylan ryw symudiad y tu ôl i'r drws ac yn frysiog ceisiodd roi trefn ar yr hyn y bwriadai ei ddweud wrth wraig Emyr. Pan agorodd y drws, nid Jenny oedd yno ond Huw, y mab. Estynnodd Dylan ei law ato mewn cydymdeimlad.

'Dewch mewn. Mae Mam yn y stafell gefn.'

Cerddodd y ddau i gyfeiriad y stafell fach glyd yng nghefn y tŷ lle roedd Emyr ac yntau wedi mwynhau oriau gyda'i gilydd yn trafod darganfyddiadau diweddaraf byd Hanes, a lle'r arferai'r Athro wyntyllu'i gynlluniau ar gyfer yr Adran. Wrth gofio hyn, cafodd Dylan ei lethu â thristwch dwfn wrth feddwl na fyddai Emyr bellach yn gweld ei gynlluniau'n cael eu gwireddu. Arweiniodd Huw y ffordd i'r stafell a gwelodd Dylan fod Jenny yn eistedd â'i chefn atynt mewn cadair esmwyth, yn edrych allan dros yr ardd gefn. Trodd ei phen i wynebu Dylan, a bron iddo beidio â'i hadnabod; roedd y galar wedi trawsnewid ei hwyneb yn llwyr. Estynnodd hithau ei llaw tuag ato, a chyda'r cyffyrddiad cyntaf, yn hytrach na dweud y geiriau roedd wedi'u paratoi mor ofalus, teimlodd Dylan y dagrau'n cronni yn ei lygaid a dechreuodd wylo'n hidl.

Rhoddodd Jenny ei breichiau amdano. 'Dylan bach ... Dylan bach ...'

Arhosodd y ddau yn llonydd am rai munudau wrth i'r galar eu clymu at ei gilydd. Roedd Dylan wedi cadw'i emosiynau dan glo am dridiau, yn bennaf oherwydd bod yr heddlu wedi ei gadw'n brysur gyda'u hymchwiliadau manwl, ond nawr ni allai ond ildio i'r teimladau fu'n aros am y cyfle i ddod i'r wyneb.

'Huw, gwna baned i Dylan, 'nghariad i.'

Aeth Huw allan i'r gegin a throdd Jenny at Dylan.

'Mae e wedi bod mor dda . . . Mae yntau'n galaru, wrth gwrs, ond dwi'n gwybod 'i fod e'n trio bod yn gryf . . .'

'Sut mae pethau gyda'i waith yn Leicester?'

'Mae e wrth ei fodd . . . yn teithio o gwmpas Ewrop gyda'r cwmni camerâu. Pan ddigwyddodd . . . hyn . . . roedd e yn Zurich. Daeth e adre ar unwaith.'

'Beth am Meleri?'

'O, mae hithau yma hefyd – wedi mynd i siopa droston ni . . . mae'r ddau wedi bod mor dda . . .'

Daeth Huw i mewn gyda'r paneidiau, yna esgusododd ei hun er mwyn i Dylan a'i fam dreulio amser yng nghwmni'i gilydd. Eisteddodd y ddau mewn tawelwch, yn syllu allan drwy'r ffenest ar yr ardd oedd wedi rhoi cymaint o bleser i Jenny a'i gŵr dros y blynyddoedd. Ni wyddai Dylan beth i'w ddweud nesa, ond rywsut gwyddai nad oedd hynny o bwys. Crwydrodd ei lygaid o gwmpas y stafell a gweld y lluniau cyfarwydd hynny roedd wedi sylwi arnynt ddegau o weithiau o'r blaen – lluniau o Emyr a'i wraig ar eu gwyliau mewn gwahanol rannau o Ewrop. Edrychodd eto ar y pâr priod yn sefyll o flaen y Parthenon yn Athens, ac wedyn ger y Colosseum yn Rhufain, lluniau oedd yn olrhain eu perthynas agos dros y blynyddoedd. Roedd un o'r lluniau wedi cael ymdriniaeth arbennig, wedi'i fframio'n hyfryd a'i osod mewn man arbennig uwchben y lle tân. Hwn oedd y llun a ddangosai Emyr yn derbyn anrhydedd gan y brifysgol am ei gyfraniad i faes Hanes Cymru. Jenny oedd y cyntaf i dorri'r tawelwch.

'Dylan, dwi moyn gofyn i ti, pan welest ti Emyr, oedd e'n edrych . . . mewn poen?'

Doedd Dylan ddim yn barod am y cwestiwn. Oedodd am eiliad cyn ateb.

'Na . . . nag oedd, dwi ddim yn credu ei fod e wedi diodde. Fel 'ych chi'n gwybod, wedodd y meddyg taw trawiad gafodd e, siŵr o fod. Rhaid bod y peth wedi digwydd mor gyflym . . .'

Chafodd Dylan ddim trafferth o gwbl i ddweud celwydd wrth Jenny. Dyna'r peth lleiaf y gallai ei wneud. Wrth weld yr olwg o ryddhad ar ei hwyneb, doedd e ddim yn difaru cuddio'r gwir. Ond gwelodd fod rhywbeth arall ar feddwl y weddw.

'Emyr druan . . . ac ynte mor iach – erioed wedi cael problem 'da'i galon. Dylan, dwi eisiau i ti wneud rhywbeth. Dwi'n gwybod taw dyna fydde Emyr moyn. Pan ddaw'r amser iawn, dwi am i ti fynd trwy'i lyfrau yn y stydi, a chymryd unrhyw beth wyt ti eisie.'

'Jenny, dwi ddim yn gwybod beth i ddweud . . .'

''Sdim angen i ti ddweud dim. Dyna fydde Emyr wedi'i ddymuno. Roedd yn meddwl y byd ohonot ti fel ffrind, ac fel hanesydd. Bydden i'n falch iawn petaet ti'n helpu dy hunan.'

'Ry'ch chi mor garedig. Os byddwch chi angen unrhyw beth, jest codwch y ffôn. Chi'n gwybod y do i draw yn syth.'

'Wel, gyda Huw yn byw yn Lloegr a Meleri yn y gogledd, ti byth yn gwybod – falle gei di ganiad yn gynt nag wyt ti'n feddwl!'

Er i Dylan weld yr awgrym lleiaf o wên ar ei hwyneb, bellach roedd hiwmor naturiol Jenny wedi'i guddio dan haenau o alar a thristwch. Yna, gwelodd Dylan ei bod hi wedi cofio am rywbeth.

'Ti'n gwybod, 'odd Emyr yn amlwg eisie rhoi trefn ar ei lyfrau. Dim ond diwrnod cyn i . . . hyn ddigwydd . . . daeth rhywun draw 'ma i fesur, wedi cael galwad gan Emyr i osod silffoedd a chypyrddau ar waliau'r stydi, medde fe. Ddwedodd Emyr 'run gair wrtha i, ond fel ti'n gwybod mae hynna mor nodweddiadol ohono fe, on'd yw e?'

Gwenodd Dylan, ond bron ar unwaith diflannodd y wên a gwelodd Jenny yr olwg syn ar ei wyneb. Roedd rhywbeth ynghylch yr hyn ddywedodd Jenny nad oedd yn taro deuddeg. Un anniben fu Emyr erioed wrth ei waith; yn wir, taerai Dylan mai dyna pryd y byddai'r Athro'n gwneud ei waith gorau, a'i ddesg yn un gybolfa fawr o bapurau a llyfrau. Yn ystod yr holl flynyddoedd y bu'r ddau'n ffrindiau, ni soniodd Emyr erioed am unrhyw awydd i dacluso na rhoi trefn ar unrhyw beth.

'Ym . . . y dyn 'ma ddaeth i fesur . . . roddodd e bris i chi am y gwaith?'

'Naddo, Dylan bach. Gymerodd e gymaint o amser, es

i lan ato fe ar ôl hanner awr i weld beth oedd yn digwydd ac i gynnig dishgled iddo fe.'

'Hanner awr? I fesur am silffoedd?'

'Ie, a pan es i mewn roedd e'n sefyll wrth y ddesg yn darllen un o lyfrau Emyr!'

'Wnaeth e adael ei enw gyda chi, neu enw'r cwmni?'

'Do. Mae gen i garden yn y gegin ar y bwrdd memo. Fydden i ddim wedi gadael y boi mewn heblaw bod carden 'da fe. Ond Dylan, anghofia amdano fe. 'Sgen i ddim awydd gwneud dim byd nawr. Wedes i wrtho fe y bydde . . . Emyr . . . yn ffonio 'nôl.'

Wrth iddi yngan enw ei gŵr, llifodd y dagrau eto. Rhoddodd Dylan ei law ar ei braich. Roedd hyn yn anodd, meddyliodd. Roedd yn awyddus i ofyn rhagor o gwestiynau, ond roedd y syniad o holi Jenny yn ei chyflwr truenus yn gwneud iddo deimlo'n anghyfforddus iawn. Ond aeth Jenny yn ei blaen, gan godi'i hances i sychu'r dagrau.

'Ches i fyth gyfle i drafod y peth gydag Emyr. Ffonies i fe yn ei swyddfa, ond doedd dim ateb – ti'n gwybod nad o'dd e'n lico cael ei styrbio pan o'dd e'n gweithio – a nawr . . . ar ôl beth sy wedi digwydd . . . dwi'n flin bod rhywun wedi edrych ar un o'i lyf–'

Ni lwyddodd i orffen y frawddeg cyn dechrau wylo'n hidl. Roedd Dylan ar bigau'r drain eisiau holi mwy am y saer coed, ond nid dyma'r amser i wneud hynny.

Arhosodd am ychydig o amser cyn dweud, 'Jenny, y'ch chi moyn i fi gael gair 'da'r saer?'

'O, Dylan bach, diolch i ti. Dweda wrtho fe ein bod ni . . . 'mod i . . . wedi newid fy meddwl ynglŷn â'r silffoedd.'

'Peidiwch poeni am hynny, Jenny. Sortia i bethe mas gyda fe.'

Roedd gwên wan wedi ffurfio ar wyneb gofidus Jenny wrth iddi ddweud, 'Dere lan gyda fi i'r stydi. Dwi moyn i ti weld y llyfrau. Dwi'n meddwl y bydda i'n teimlo'n well ar ôl i ti fod 'na.'

Dilynodd Dylan Jenny i fyny'r grisiau ac i mewn i stydi'r Athro. Roedd bwrdd mawr pren o flaen y ffenest a hwnnw wedi'i orchuddio â phapurau, ffeiliau a llyfrau o bob math. Roedd y silffoedd a'r cypyrddau o gwmpas y stafell yn orlawn, ac roedd rhagor o lyfrau, ffeiliau a phapurau'n domenni bach ar lawr. I bob golwg, edrychai'r holl le yn un annibendod mawr, ond gwyddai Dylan y byddai Emyr wedi gallu rhoi ei law ar unrhyw beth mewn eiliadau.

'Ti'n gweld, mae'r silffoedd mewn cyflwr da.'

'Ydyn, dwi'n gallu gweld hynny. Ym . . . wedoch chi fod y saer yn darllen un o lyfrau Emyr . . .'

'Mae e ar y ddesg. Sa i wedi cyffwrdd ag unrhyw beth ers . . .'

Aeth Dylan draw at y ddesg a gafael mewn llyfr oedd yn agos at ganol y ddesg.

'Hwn oedd e?'

'Nage, yr un ar ei bwys e, yr un â'r clawr glas.'

Cododd Dylan y llyfr a chraffu ar y teitl, *A Socio-Cultural History of Christian Relics in Western Europe* gan Gustav Rofe.

∎

Y prynhawn hwnnw, roedd Dylan yn gyrru trwy Treganna ar hyd Cowbridge Road East, y ffordd hir oedd yn arwain allan o ganol Caerdydd i gyfeiriad y gorllewin. Aeth heibio i Barc Victoria ar y dde a gyrru ymlaen at gylchfan Trelái. Wrth iddo yrru ar hyd Cowbridge Road West, edrychai o bryd i'w gilydd ar rifau'r tai ar ochr y ffordd, a chyn iddo gyrraedd y gylchfan brysur yng Nghroes Cwrlwys trodd y car oddi ar y lôn a pharcio ar stryd gul gyferbyn â mynwent enfawr Trelái. Estynnodd i'w boced am y cerdyn busnes roedd Jenny wedi'i roi iddo. Darllenodd y geiriau eto.

Tony Marchant
Carpenter
624 Cowbridge Road, Ely, Cardiff
07700 996537

Roedd rhywbeth ynghylch y saer wedi codi'i amheuon: pwy yn union oedd y dyn yma oedd wedi galw heibio'r tŷ y diwrnod cyn i Emyr gael ei ladd? Doedd ei ddiddordeb yn un o lyfrau Emyr ddim yn beth anghyffredin fel y cyfryw, ond tybed a oedd yn fwy na chyd-ddigwyddiad ei fod wedi edrych ar lyfr oedd yn gysylltiedig ag ymchwil Emyr? Beth bynnag, y peth mwyaf anghyffredin oedd awydd Emyr i roi trefn ar ei stydi. Cofiodd Dylan eto am y llanast a welsai yn swyddfa Emyr y diwrnod y bu farw; oedd hi'n bosib mai'r Athro oedd yn gyfrifol am y llanast i gyd, neu a oedd rhywun arall wedi bod yno? Edrychodd ar y cerdyn eto cyn mynd allan o'r car.

Dechreuodd gerdded yn ôl ar hyd Cowbridge Road gan graffu ar rifau'r tai. Rhif y tŷ olaf oedd 497. Yn amlwg, doedd y tai ddim yn cyrraedd rhif 624. Rywsut, doedd hyn ddim yn synnu Dylan. Aeth yn ôl i'r car ac estyn am ei ffôn symudol. Pwysodd y rhifau ar y cerdyn ac aros am ateb. O fewn eiliadau, clywodd lais yn ei gyfarch, 'I'm sorry, the number you have dialled has not been recognized. You have not been charged for this call.' Pwysodd y botwm i derfynu'r alwad. Eisteddodd yn ôl gan wthio'i fysedd drwy ei wallt trwchus. Penderfynodd ffonio rhif arall, rhif y rhwydwaith ffôn, a'r tro hwn atebwyd yr alwad gan ferch ifanc.

'Hello, thank you for phoning. My name is Alice; how can I help you today?'

'I'm having difficulty getting through to a number I've been given. It's not being recognized.'

'No problem, sir. If you give me the number, I'll see what I can do.'

'Yes, it's 077009 . . .'

'Oh, can I stop you there, sir? I think you may have been given a false number. Numbers that begin like that are ones that have been designated by OFCOM for television plays, films or the theatre, things like that . . . only recently on an episode of *Dr Who* they showed the Doctor's number and we had thousands of calls asking to speak to him! Maybe someone copied the number incorrectly.'

'Yes, maybe.'

'Is there anything else I can help you with today?'

'No, thanks . . . thanks for your help.'

Rhoddodd Dylan y ffôn yn ôl yn ei boced ac edrychodd ar y cerdyn. Pwy bynnag oedd y Tony Marchant yma, naill ai roedd yn un o'r cowbois oedd yn ennill eu bywoliaeth trwy fanteisio ar hen bobl ddiamddiffyn, neu doedd y dyn ddim yn saer o gwbl. Naill ffordd neu'r llall, roedd wedi mynd i gryn drafferth i'w guddio'i hun. Taniodd Dylan injan y car, ac wrth yrru'n ôl i gyfeiriad y fflat yn Birchgrove roedd ei feddwl yn llawn cwestiynau ynghylch y dyn oedd wedi ymweld â Jenny, ac am amgylchiadau rhyfedd marwolaeth Emyr. Un peth roedd yn sicr ohono, roedd Jenny – ac Emyr – yn haeddu atebion i'r cwestiynau.

Pennod 5

Gyrrodd Dylan ei gar oddi ar yr M4 a throi i mewn i'r gwasanaethau yn Membury. Roedd gyrru yng nghanol prysurdeb y draffordd yn ei flino heddiw fwy nag erioed o'r blaen, a byddai hoe fach yn braf. Parciodd y car yn hamddenol a cherdded i mewn. Archebodd goffi ac aros yn y ciw y tu ôl i ddyn tew, cyfeillgar yr olwg. Roedd wyneb y ferch ifanc wrth y til yn adlewyrchu diflastod ei swydd. Byseddai'r sgrin o'i blaen fel petai ar *auto-pilot*.

'Is that all, sir?' gofynnodd.

'Yeah,' atebodd y dyn tew.

'That'll be £9.60,' ychwanegodd y ferch.

Edrychodd y dyn ar ei hambwrdd i wneud yn siŵr nad oedd camgymeriad – na, dau baned o goffi a chacen siocled.

'You've gotta be joking, haven't you?' Trodd y dyn at Dylan mewn ymgais i gael cydymdeimlad. 'I only came in here for a coffee, not to buy the whole bloody plantation! 'Ere, mate – I hope you've got your credit card with you.'

Gwenodd Dylan a thalu am ei goffi gan ei longyfarch ei hun nad oedd wedi ildio i'r demtasiwn o brynu unrhyw beth arall. Eisteddodd ar bwys y ffenest ac edrych allan ar y ceir yn mynd a dod yn y maes parcio, ei feddwl yn bell.

Er gwaetha blas chwerw'r coffi, rhoddodd y ddiod hwb iddo. Roedd arno angen rhywbeth i'w ddeffro'n iawn ar ôl neithiwr. Bu wrthi tan hanner awr wedi dau y bore yn chwilio ar Google am wybodaeth ar 'St. George's Chapel, Windsor'. Ar ôl treulio cymaint o amser yn ymchwilio teimlai fel arbenigwr ar y lle, er gwaetha'r ffaith nad oedd erioed wedi bod yno. Ond doedd ei ymholiadau ar y we ddim wedi cynnig unrhyw reswm pam y byddai gan ei gyn-Athro ddiddordeb ynddo, chwaith.

Roedd bron i bythefnos wedi mynd heibio oddi ar y farwolaeth drist yn y brifysgol. Yna, chwe diwrnod yn ôl, derbyniodd Dylan ysgytwad arall. Roedd yr heddlu'n awyddus iawn i gael gair ag ef; y gred oedd fod Emyr wedi cael ei lofruddio! Wrth feddwl am hyn, llethwyd Dylan eto gan don o dristwch, dicter ac anghrediniaeth; roedd marwolaeth Emyr yn golled enfawr i Hanes Cymru, ond roedd yn waeth o lawer i'w wraig Jenny a'i ddau blentyn. I roi halen ar y briw, doedd dim syniad gyda'r heddlu, na'i wraig, na neb arall chwaith pam yn y byd fyddai unrhyw un yn dymuno llofruddio Pennaeth Adran Hanes Cymru Prifysgol Caerdydd.

Bob nos deuai'r un hunllef i'w boenydio. Gwelai Dylan ddau wyneb bob tro; wyneb arswydus Emyr yn rhythu arno o'i gadair wrth y ddesg ac wyneb ingol Jenny pan alwodd draw i'w gweld ar ôl y drychineb. Ond ar yr un pryd roedd y ddau wyneb yn ei gynhyrfu; roedd yn benderfynol o ddarganfod y gwirionedd am farwolaeth ei gyfaill; yn hynny o beth, roedd ei natur ymchwilgar fel hanesydd yn sbardun iddo. Roedd ganddo ychydig wythnosau o'r gwyliau ar ôl, a bwriadai geisio dod o hyd i'r wybodaeth roedd Emyr ar fin ei datgelu iddo ar ddiwrnod ei farwolaeth. Dyna'r peth lleiaf y gallai ei wneud dros Emyr a'i deulu. Dyma'r rheswm pam fod Dylan bellach ar ei ffordd i Windsor. Rhaid bod arwyddocâd i'r geiriau ar y darn papur yn swyddfa Emyr, a beth am y llun o'r groes? Roedd ei goffi wedi hen oeri erbyn hyn. Llyncodd y diferion olaf gan grychu'i wyneb mewn diflastod, yna cerddodd at ei gar.

Wrth weld yr awyrennau yn yr awyr, synhwyrodd Dylan ei fod yn agosáu at Windsor. Gwyddai fod awyren yn glanio yn Heathrow bob dwy funud, ac wrth iddo edrych i fyny trwy ffenest y car gallai weld bod hyn yn hollol wir. Trodd y car oddi ar gyffordd rhif chwech a gyrru i gyfeiriad Windsor. Cyn hir gwelodd waliau anferth y castell yn ymwthio i'r awyr o'i flaen. Roedd yn olygfa drawiadol, gyda'r heulwen yn fflachio rhwng y tyrau. Edrychai ymlaen yn awr at ymweld â'r castell, ac â chapel St. George oedd ar yr un safle. Parciodd y car ger yr orsaf reilffordd gan sylwi ar y caeau chwarae yn ymestyn i'r pellteroedd. Gwyddai Dylan fod y 'playing fields of Eton' yr ochr arall i'r afon, a gallai synhwyro'r cyfoeth a'r breintiau oedd yn gysylltiedig â'r rhan hon o Loegr.

Roedd stryd fawr y dre yn llawn prysurdeb, ac wrth iddo gerdded ar ei hyd clywai gybolfa anhygoel o ieithoedd gwahanol yn ei glustiau. Roedd hi'n amlwg bod

Windsor ar restr Deg Uchaf pob ymwelydd i Brydain. Clywodd lais Americanaidd uchel o rywle, 'Come on honey, we've done the castle. Now let's do the river.'

Wel, o leia byddai dau Americanwr yn llai yn y castell nawr, meddyliodd Dylan. Cerddodd i fyny'r rhiw dan gysgod mawreddog y tŵr deheuol ac anelu am y brif fynedfa. Sylwodd ar gerflun o'r Frenhines Victoria yn bwrw golwg imperialaidd ar y byd, a cherddodd heibio dau heddwas oedd yn gwarchod y fynedfa â drylliau. Cyrhaeddodd y gât ac estyn i'w boced am arian. Ochneidiodd yn dawel pan ddeallodd fod y tâl mynediad yn un deg saith bunt. Tybed beth fyddai gan ei ffrind boliog o'r gwasanaethau yn Membury i'w ddweud am hynny. Un o'r pethau ddysgodd Dylan wrth ymchwilio ar y we y noson cynt oedd bod y castell yn arfer bod yn gartref i'r teulu brenhinol cyn y tân mawr a ddifrododd ran sylweddol ohono yn 1992. Er mwyn talu am gostau adnewyddu'r adeilad agorwyd mwy o'r ystafelloedd a chodwyd y tâl mynediad yn sylweddol.

Ar ôl talu derbyniodd Dylan fap o'r safle a theclyn bach er mwyn ei alluogi i wrando ar sylwebaeth. Cliciodd y botwm a chlywed llais Tywysog Cymru yn ei groesawu. Ymlwybrodd ar hyd y waliau enfawr gan geisio osgoi grŵp o ymwelwyr Siapaneaidd oedd fel petaent yn benderfynol o dynnu llun pob carreg yn y castell â'u camerâu digidol. Oedodd am ennyd ar dop y rhiw oedd yn arwain i'r ward isaf, a gwelodd olygfa adnabyddus – milwr mewn tiwnig coch a het croen arth yn sefyll yn hollol ddigyffro tra bod grŵp o ferched ysgol yn herio'i gilydd i dynnu'r llun mwya beiddgar wrth ei ymyl. Teimlai Dylan druení dros y milwr ifanc oedd yn gorfod diodde'r fath ffwlbri. Yn ganolbwynt i'r olygfa o'i flaen, gwelai gapel ysblennydd St. George yn disgleirio'n euraidd yn yr heulwen. Roedd hwn yn gapel a hanner, ac yn llawer mwy o ran maint na'r un ar Charles Street yng Nghaerdydd y bu Dylan yn ei fynychu pan oedd yn blentyn. Cododd ei olygon yn uwch ac edmygu'r gwaith cywrain a'r cerflunwaith manwl ar ochr yr adeilad. Cerddodd tuag ato heb wybod beth i'w ddisgwyl y tu ôl i'r drysau cadarn. Gobeithiai yn ei galon y byddai'r ymweliad yn taflu goleuni ar ymchwil Emyr, ac yn ei helpu yntau i ddeall amgylchiadau ofnadwy marwolaeth ei ffrind. Oedd e'n disgwyl gormod, tybed? Aeth i mewn.

'Welcome to St. George's Chapel. I hope you have a pleasant visit.'

Trodd Dylan at berchennog y llais; merch dlos yn gwisgo gŵn las, a gwên groesawgar ar ei hwyneb. Gwenodd yntau arni.

'Thank you. Can you tell me if there are any guided tours available?'

'Certainly. Just go to the back of the chapel and you'll see a guide wearing a blue robe – there's a tour just about to start.'

Wrth iddo gerdded draw at y tywysydd, edrychodd Dylan i fyny ar y nenfwd a rhyfeddu at batrymau'r fowtio bwaog a'r bylau lliwgar. Gwyddai nad addurniadau pur oedd y bylau, y *bosses*, ond yn hytrach eu bod yn fodd i guddio'r toriadau yng ngwneuthuriad y to. Roedd y bylau hyn yn dangos gwahanol lluniau a symbolau oedd yn gysylltiedig â hanes y capel. Safai pedwar person arall wrth ymyl gŵr canol-oed a wisgai fathodyn â'r enw Huw arno. Hwn oedd y tywysydd, mae'n rhaid. Sylwodd Dylan ar sillafiad Cymraeg ei enw. Cymro, efallai? Mentrodd, 'Prynhawn da.'

'Prynhawn da! Croeso!' meddai Huw dan wenu. 'That's my limit, I'm afraid. I was born in Bynea near Llanelli, but my parents moved to London when I was four. Great to meet a fellow Welshman!'

'Certainly is, and I never thought I'd meet one in here!' atebodd Dylan.

'Hey!' torrodd llais un o'r pedwar ymwelydd arall ar eu traws. 'We're Kiwis, from New Zealand – we love your Millenium Stadium, you'll beat us there one day . . . but only in soccer!' Chwarddodd y dyn a'i bartner. 'I'm Nick and this is Chloe.'

Edrychodd Dylan ar y ddau berson arall.

'We've got no idea what you're talking about, but, hi, I'm Eugene and this is my wife Courtney – we're from South Carolina, USA. You know something? Our surname is Jones – I reckon we have some Welsh blood there somewhere. Do you know any Joneses in Wales?'

Chwarddodd Dylan a Huw. 'Yes, there are one or two around!'

'Okay, everybody,' meddai Huw. 'Shall we get started? Please don't hesitate to ask questions as we go around. I have to start with a safety instruction: if you hear a siren, it means there's a fire, so will you all head for the main exits, or better still, just follow me as I'll be the first one out of here!'

Gwenodd Dylan gan synhwyro bod y Cymro alltud wedi dweud yr un jôc gannoedd o weithiau o'r blaen.

'The chapel was built in the fourteenth century, when it was founded by Edward III as part of a new college of priests in 1348. It is also home to the famous Order of the Garter, a special body of knights created by Edward to defend the realm. Now look at the main body of the chapel and at the ceiling especially – glorious, isn't it?'

Edrychodd pawb ar y to gan edmygu'r gwaith pren syfrdanol a'r bylau lliwgar.

'Ga i ofyn cwestiwn?' Roedd Dylan wedi sylwi ar un bwlyn arbennig.

'Wrth gwrs,' atebodd Huw.

'Mae un o'r bylau ar y to'n edrych yn debyg i ddraig goch. Oes unrhyw arwyddocâd i hynny?'

'Oes, yn wir. Harri VII, neu Harri Tudur, oedd yn gyfrifol am nifer o'r bylau. Ganwyd Harri yng Nghymru a'i faner ef oedd baner y ddraig goch. Enillodd frwydr Bosworth yn 1485 gyda help milwyr o Gymru. Oes unrhyw un wedi clywed am y brenin Arthur?' Nodiodd pawb. 'Wel, enw mab cyntaf Harri oedd Arthur. Yn ôl rhyw hen chwedl, byddai'r brenin Arthur yn ymddangos unwaith eto i achub y Cymry o'u caethiwed.'

'Dyna beth sy ei angen ar eich tîm rygbi chi,' sylwodd Nick, y Kiwi.

Roedd hyn i gyd yn agoriad llygad i Dylan. Ni wyddai o'r blaen am gysylltiadau Cymreig yr adeilad. Oedd hyn yn profi ei fod ar y trywydd iawn? Torrwyd ar draws ei feddyliau gan lais Huw, y tywysydd.

'Nawr, dewch draw i'r cyfeiriad yma ac fe ddangosa i rannau eraill y capel i chi. Dyma brif allor y capel – sylwch ar y ddwy res o seti. Dyma seddau'r *Knights of the Garter*. Ar gefn pob sedd mae enwau'r marchogion i gyd – mae'r enwau hynaf wedi bod yma ers chwe chan mlynedd.'

'Mae hyn yn anhygoel!' ebychodd yr Americanwyr. Estynnodd Eugene am ei gamera a'i bwyntio at un o'r seddau hynaf.

'Mae'n ddrwg gen i,' meddai Huw. 'Chewch chi ddim tynnu lluniau yn y rhan yma; mae e'n lle sanctaidd. Ond mae dewis mawr o gardiau post yn y siop, a gellwch brynu pob math o anrhegion yno.'

Gwenodd Dylan. Roedd Huw yn gwneud ei waith yn dda! Wrth iddynt ddilyn Huw yn ôl i brif ran yr eglwys, edrychodd Dylan ar y to unwaith eto. Y tro hwn sylwodd ar fwlyn oedd yn fwy amlwg na'r lleill. Siâp croes oedd arno, mewn aur, a chylch aur yn amgylchynu'r siafft. Stopiodd Dylan yn ei unfan. Estynnodd i'w boced a thynnu allan y darn papur o swyddfa Emyr. Curai ei galon yn gyflymach . . . roedd y tebygrwydd yn syfrdanol.

Trodd at Huw a gofyn, 'Oes hanes arbennig i'r bwlyn yna?'

'Pa un?'

'Hwnna, gyda'r groes aur.' Pwyntiodd Dylan, ac edrychodd pawb i fyny.

'Aha! Rhyfedd bod Cymro wedi sylwi ar hwnna! Dyna groes Gwent, neu'r Groes Naidd; mae nifer o enwau gwahanol iddi. Mae hi'n rhan bwysig o hanes y capel mewn gwirionedd. Yn y Canol Oesoedd, prif drysor y capel oedd darn bach o'r Wir Groes – hynny yw, darn o bren o'r groes y croeshoeliwyd Iesu Grist arni.'

Ymledodd gwên dros wynebau pawb. Yn amlwg, doedd fawr o neb yn credu'r syniad erbyn heddiw.

'Byddai miloedd o bobl yn tyrru yma i gael iachâd trwy gyffwrdd y groes a gweddïo.'

'O ble daeth y groes yn wreiddiol?' holodd Chloe.

'Wel, y gred yw bod Helen, mam yr Ymerawdwr Rhufeinig Cystennin, wedi dod â hi 'nôl o Jeriwsalem yn y bedwaredd ganrif.'

'Darllenais i rywle,' torrodd Eugene ar ei draws, 'pe bai pob un darn o'r Wir Groes yn cael eu rhoi at ei gilydd, byddai digon o bren i greu coedwig gyfan.'

Chwarddodd pawb.

'Mae hynny'n hollol wir!' ategodd Huw. 'Anrheg i'r capel gan frenin Lloegr oedd hi, mae'n debyg.'

'Ond dwi ddim yn deall,' meddai Chloe. 'Sut byddai brenin Lloegr wedi cael gafael ar y fath beth?'

'Wel, y stori yw bod Llywelyn ap Gruffydd, tywysog olaf y Cymry, yn berchen ar y Groes Naidd, ond bod un o'i filwyr wedi ei dwyn oddi ar ei gorff pan laddwyd ef gan y Saeson yn 1282. Rhoddodd y Cymro hwn y groes i Edward I a chynhaliwyd seremoni rwysgfawr yn Abaty Westminster yn 1285, lle gosodwyd y crair ar y prif allor. Mae'n rhaid i ni gofio bod pobl yn hoff iawn o symbolau bryd hynny. I Edward, roedd cael darn o'r Wir Groes yn dangos bod Duw o'i blaid.'

Roedd Dylan wedi bod yn gwrando'n astud ar y sgwrs, a bellach teimlai'n llawn cyffro. Dyma'r union gyfnod roedd Emyr yn arbenigo ynddo. Ymdrechodd i ddod o hyd i'w lais, ond cyn iddo yngan gair clywodd Eugene yn holi'r cwestiwn oedd ar ei feddwl yntau.

'Ond sut yn y byd fyddai'r Cymry wedi cael gafael yn y groes yn y lle cyntaf?'

'Cwestiwn da, ond does gen i ddim ateb da, yn anffodus,' atebodd Huw. 'Mae rhai'n dweud bod y groes wedi'i henwi ar ôl Sant o'r enw Neot, a bod hwn wedi dod â hi'n ôl i Gymru o'r Dwyrain Canol. Beth bynnag, dewch gyda fi; efallai y bydd gyda chi ddiddordeb mewn gweld ble roedd y groes yn cael ei chadw.'

Cerddodd y criw bach ar hyd arcêd hir ar ochr ddwyreiniol yr eglwys, heibio Capel Lincoln. Safodd Huw mewn cornel ac egluro taw yn y fan hon y byddai trysor pwysicaf capel St. George yn cael ei gadw. Uwch eu pennau roedd bwlyn arall yn dangos y groes; roedd yr un siâp â'r llall, ond y tro hwn roedd dau ddyn yn ymgrymu un bob ochr i'r groes ac yn gweddïo. Gwisgent ddillad crand a chlogynnau llaes.

'Yn ôl pob sôn, byddai'r darn bach o bren yn cael ei gadw tu fewn i groes aur oedd yn llawer mwy o faint, er mwyn ei ddiogelu.'

Roedd un peth wedi bod yn poeni Dylan ers amser. 'Ond yng Nghymru, does braidd neb yn gwybod am hyn i gyd.'

'Mae'n debyg bod cynllun Edward a'r Saeson i ddarostwng y Cymry wedi llwyddo; trwy gipio'u trysorau mwyaf sanctaidd, roedden nhw'n torri ysbryd y genedl yn ogystal â chymryd eu tir. O dipyn i beth byddai cof y Cymry am y traddodiadau hyn yn diflannu'n llwyr.'

'Felly, beth yw hanes y groes erbyn hyn?'

'Mae hi wedi diflannu.'

Ochneidiodd y grŵp mewn siom.

'Mae rhai wedi awgrymu iddi gael ei dinistrio yn yr unfed ganrif ar bymtheg yn ystod yr ymgyrchoedd i gael gwared ar unrhyw beth oedd yn gysylltiedig â'r ffydd Gatholig. Mae eraill yn dweud bod 'na filiwnydd yn rhywle wedi'i chuddio. A dweud y gwir, ro'n i'n siarad yn ddiweddar iawn gydag ymwelydd arall â'r capel – Cymro oedd yntau hefyd – ac roedd e'n argyhoeddedig bod dyn o'r enw Hywel wedi prynu'r groes yng nghyfnod Harri VIII. Ond,' ychwanegodd gyda gwên fawr, 'pwy a ŵyr?'

Erbyn hyn, roedd meddyliau Dylan yn chwyrlïo. 'Y'ch chi'n cofio enw'r ymwelydd?' gofynnodd.

'Nadw, mae'n ddrwg gen i.'

'Sut un oedd e?' Saethodd Dylan ei ail gwestiwn fel mellten.

'Pam? O . . . dwi'n gweld! Meddwl falle eich bod chi'n ei nabod e, ife? Dwi'n anghofio weithiau pa mor fach yw Cymru! Wel, roedd e yn ei chwedegau falle, gwallt wedi britho, sbectol ddu. Roedd yn sgrifennu nodiadau'n ddiddiwedd.'

Emyr! Teimlodd Dylan ei wyneb yn gwelwi, ond aeth yn ei flaen. 'Ddwedodd e unrhyw beth arall am yr Hywel yma?'

'Naddo – roedd e'n rhy brysur yn sgrifennu!' Newidiodd Huw y testun. 'Wel, gyfeillion, rhaid i fi'ch gadael chi nawr. Mae grŵp arall yn ymgasglu draw fan 'na. Gobeithio'ch bod chi i gyd wedi mwynhau'ch ymweliad â chapel St. George. Ar eich ffordd allan, os hoffech chi roi cyfraniad tuag at gostau cynnal yr adeilad, bydden ni'n ddiolchgar iawn.'

Diolchodd bawb iddo am y daith ddiddorol a ffarweliodd y criw bach â'i gilydd. Roedd pen Dylan yn troi wrth iddo gerdded allan o'r capel a theimlo gwres yr haul ar ei wyneb. Edrychodd i'r dde a gallai weld bod y milwr druan yr un mor boblogaidd ag o'r blaen; roedd yr ymwelwyr o'i gwmpas yn ymddwyn fel plant o gwmpas fan hufen iâ. Cerddodd Dylan ar hyd prif stryd Windsor ac yn ôl at y car. Gafaelodd yn ei liniadur a cherdded 'nôl i gyfeiriad y dre, ac ar hyd hen stryd o gerrig coblog oedd yn arwain at afon Tafwys. Roedd arno angen eistedd i lawr yn rhywle i roi trefn ar ei feddyliau. Cerddodd heibio i dŷ crand y pensaer Christopher Wren ar y chwith a mynd yn ei flaen at y bont hardd. Arhosodd am ennyd i edmygu'r olygfa o'r bont – pobl yn mwynhau ar y cychod pleser, a phlant yn bwydo'r elyrch a'r hwyaid oedd yn brwydro dros y briwsion bara. Yr unig beth oedd yn amharu ar yr awyrgylch oedd sŵn di-baid yr awyrennau.

Yr ochr arall i'r bont roedd tafarn y George Inn. Edrychai ei waliau gwynion a'r blodau tu allan yn groesawgar, a phenderfynodd Dylan daro i mewn. Gwenodd y ddynes ganol-oed y tu ôl i'r bar arno, a gofyn mewn acen hyfryd Gwlad yr Haf, 'What can I get you, sir?'

'Half a pint of London Pride, please.' Roedd yn awyddus i flasu'r cwrw lleol.

'Just the half pint?'

'Yes, I'm afraid, I'm driving. Are you serving food as well?'

'Certainly, sir. Here's the bar menu.'

'One more thing – is there a wi-fi connection here?'

'Yes, there is. The best place is over there.' Pwyntiodd at fwrdd yn y gornel.

Perffaith. Eisteddodd Dylan wrth y bwrdd a thanio'r gliniadur. Tra oedd yn aros, cymerodd gip ar y fwydlen. Dewisodd y cyrri – darnau o gyw iâr wedi'u coginio mewn saws Thai. Archebodd y bwyd a chymryd llymaid o'r London Pride; blasai'n ddigon derbyniol. Daeth nifer o ymwelwyr eraill i mewn i'r dafarn ac eisteddodd un ohonynt wrth y bwrdd nesaf at ei un ef. Aeth Dylan 'nôl at ei liniadur a theipio'r gair 'Hywel' i mewn i Google. Roedd dros 500,000 o atebion. Rhegodd Dylan dan ei anadl. Hywel Dda, Hywel Gwynfryn, ffotograffydd, actor, cyflwynydd, aelod seneddol. Roedd hyn yn anobeithiol. Y tro hwn teipiodd 'Hywel' a 'croes naidd'. Dim ond dau ateb y tro hwn ac un ateb yn dyfynnu cerdd gan Lewis Môn a'r geiriau 'croes naidd' ynddi. Ond doedd dim rhagor o wybodaeth am ddyn o'r enw Hywel. Rhaid meddwl yn rhesymegol am hyn, meddai Dylan wrtho'i hun. Roedd Huw wedi sôn am y posibilrwydd bod y groes wedi diflannu yn yr unfed ganrif ar bymtheg. Hwnnw oedd cyfnod Harri VIII, a'r cyfnod pryd y newidiwyd enwau llawer o Gymry i swnio'n fwy Seisnig, yn sgil deddfau uno Cymru a Lloegr. Roedd yr Hywel hwn, yn ôl Emyr, yn byw yn yr un cyfnod.

Y tro yma teipiodd 'Howell' yn lle 'Hywel' ac ychwanegu 'Henry VIII'. Tra oedd yn aros am yr atebion, cyrhaeddodd ei fwyd. Blasodd ychydig o'r cyrri gan gadw golwg ar y sgrin – 73,000 o atebion. Roedd calon Dylan ar fin suddo unwaith eto pan sylwodd ar ddau ateb: 'The Ledger of Thomas Howell' a 'The Drapers' Company – Thomas Howell's Trust'.

Cliciodd ar yr ail gofnod a dechrau darllen:

Thomas Howell, son of a Welshman, was born in around 1480 and became a prosperous sixteenth century merchant and philanthropist. His father's native area was Pen-coed, Monmouthshire, South Wales. He was apprenticed to a senior member of the Drapers' Company. As an apprentice he worked in Spain. By the 1520s Thomas Howell had become a flourishing and affluent merchant. His wealth came from the Anglo-Spanish trade in various cloths that were exported to Spain. He also imported to Britain oil, alum, raisins and wine. For most of his later years he resided in Seville, Spain.

Rhythodd Dylan ar y sgrin o'i flaen. Roedd yn darlithio mewn Hanes Cymru ond ni chlywsai erioed am y cymeriad hwn. Disgrifiai'r cofnod ar y we sut y bu i Howell adael swm enfawr o arian yn ei ewyllys er mwyn darparu addysg i ferched amddifad o Gymru. Roedd dwy ysgol yng Nghymru yn parhau i dderbyn cymorth gan elusen Thomas Howell, un ohonynt yng Nghaerdydd a'r llall yn Ninbych. Bu bron i Dylan dagu ar ddarn o gyw iâr. Pan oedd yn blentyn yn byw ar Pencisely Crescent yn ardal Llandaf o Gaerdydd, byddai ef a'i ffrindiau'n tynnu coesau'r merched oedd yn pasio heibio ei dŷ mewn gwisg ysgol grand, ar eu ffordd i Ysgol Howells.

Darllenodd ymlaen. Roedd Neuadd y Dilledyddion, pencadlys Cwmni'r Dilledyddion, yn dal mewn bodolaeth, ar Throgmorton Street yn Llundain, ac yma y cedwid cofnodion masnachol Thomas Howell o gyfnod y Tuduriaid. Roedd hyn yn newyddion ysgytwol, meddyliodd Dylan. Gorffennodd ei fwyd, gwagio'r gwydryn cwrw a dechrau hel ei bethau oddi ar y bwrdd. Ond arhosodd am eiliad gan syllu ar y sgrin o'i flaen. Roedd ganddo awydd gwybod mwy am y Groes Naidd, a chan ei fod wedi cael cystal hwyl ar y we yn barod, penderfynodd archebu diod arall a pharhau gyda'r ymchwilio.

Wrth i Dylan sefyll wrth y bar, carlamai ei feddwl gyda'r cyffro o wybod ei fod wedi darganfod rhywbeth a allai fod o gymorth iddo ddeall mwy am ymchwil Emyr. Oni fyddai'n syniad da ymweld â Neuadd y Dilledyddion? Efallai y gallai hyd yn oed ddarganfod mwy o wybodaeth yno. Wrth i Dylan ystyried y syniadau hyn tra oedd yn aros am ei ddiod, ni sylwodd ar y dyn oedd wedi bod yn eistedd wrth un o'r byrddau cyfagos: cododd yn dawel a cherdded at fwrdd Dylan. Am eiliad neu ddwy, syllodd y dyn ar sgrin y gliniadur, yna trodd ar ei sawdl ac anelu am y drws. Cyn iddo adael yr adeilad estynnodd i'w boced a thynnu allan becyn o sigarets Fortuna. Gyda drws y George Inn wedi'i gau y tu ôl iddo, rhoddodd y sigarét yn ei geg, a gwenu.

Yn y cyfamser, aeth Dylan yn ôl at ei fwrdd ac ailgydio yn ei ymchwil. O fewn hanner awr roedd wedi cael cadarnhad o'r hyn roedd newydd ei glywed yn y capel gan Huw. Y Groes, mae'n debyg, oedd un o greiriau mwyaf sanctaidd y Cymry yn y Canol Oesoedd – darn bach o bren a gymerwyd oddi ar y groes y croeshoeliwyd Iesu Grist arni. Credid mai Helen, mam yr Ymerawdwr

Rhufeinig Cystennin, oedd wedi darganfod y Wir Groes yn y bedwaredd ganrif. Cystennin oedd yr Ymerawdwr Cristnogol cyntaf, a bu Helen ar ymweliad â'r Dwyrain Canol lle y daeth o hyd i leoliad Calfaria, man croeshoelio Iesu Grist, ynghyd â thair croes bren.

Roedd un peth yn achosi penbleth i Dylan, sef y cwestiwn ynglŷn â sut y daeth y Groes Naidd i Gymru, ac i feddiant brenhinoedd Cymru. Un esboniad ar y we oedd mai Sant o'r enw Nedd, oedd yn hanu o Gernyw, ddaeth â hi i Gymru yn y nawfed ganrif. Awgrymai eraill fod y brenin Hywel Dda wedi derbyn y Groes Naidd fel rhodd gan y Pab pan aeth ar bererindod i Rufain yn 928. Roedd un peth yn sicr, sef bod y Cymry'n credu bod gan y Groes Naidd rinweddau arbennig – goruwchnaturiol, hyd yn oed – ac y byddai'n amddiffyn y wlad rhag ymosodiadau ei gelynion. Darllenodd Dylan ymhellach: pan arwyddwyd Cytundeb Gwerneigron yn 1241 rhwng y Cymry a'r Saeson, roedd Dafydd ap Llywelyn wedi selio'r cytundeb trwy gymryd llw ar y Groes Sanctaidd. Aeth yr hanesyn ymlaen i egluro bod Dafydd ap Llywelyn yn cario'r Groes arbennig hon o gwmpas gydag ef bob amser.

Mae'n rhaid bod y Groes Naidd wedi cael ei throsglwyddo o un genhedlaeth i'r llall ymhlith teulu brenhinol Cymru, meddyliodd Dylan. Roedd yn ymddangos bod yr haneswyr i gyd yn gytûn ar un peth, sef bod dyn o'r enw Huw ab Ithel wedi cyflwyno'r Groes i Edward I, brenin Lloegr, yn Aberconwy yn y flwyddyn

1283, a'i chyfnewid am glogyn ac am arian i'w gynnal ei hun tra oedd yn astudio ym mhrifysgol Rhydychen.

Cliciodd Dylan ar y sgrin nes dod o hyd i wefan Cwmni'r Dilledyddion unwaith eto. Estynnodd am ei ffôn symudol a ffonio'r rhif oedd ar y dudalen.

'Drapers' Hall. How may I help you?' meddai llais urddasol.

'Hello, I'd like to visit the hall if possible. Is tomorrow convenient?'

'Yes, but you'll need to make an appointment. How about two o'clock?'

'That would be great. Thank you.'

'Your name, please?'

'Dylan Jones.'

'We look forward to seeing you tomorrow, Mr Jones.'

Roedd hwn yn gyfle rhy dda i'w golli. Doedd Llundain ddim yn bell; byddai'n aros yma yn Windsor heno mewn gwely a brecwast a dal y trên i'r brifddinas yfory. Os oedd Emyr wedi darganfod cysylltiad rhwng Thomas Howell a'r Groes Naidd, ni allai Dylan feddwl am le gwell i chwilio am y cysylltiad nag yng nghofnodion personol y masnachwr o Gymro.

Pennod 6

Unto God only be honour and glory.

SAFAI DYLAN ar ganol Throgmorton Street yn syllu ar y geiriau uwchben mynedfa Neuadd y Dilledyddion. Ar ei ffordd yma o orsaf drên tanddaear y Bank, roedd Dylan wedi sylwi ar enwau'r strydoedd cyfagos – Lombard, Threadneedle, Tokenhouse; pob un yn tystio i hanes masnachol dinas Llundain. Bu'n rhaid iddo osgoi ciw enfawr o bobl oedd yn ymweld ag Amgueddfa Banc Lloegr ar Threadneedle Street cyn iddo gyrraedd y stryd fach gul, droellog lle roedd Neuadd y Dilledyddion.

Rhan o arfbais yr hen gwmni masnachol oedd y geiriau uwchben y fynedfa. Gallai Dylan weld dafad gorniog ar dop yr arfbais ac, yn y canol, tair coron â phelydrau'r haul yn disgleirio ohonynt. Dyfalai Dylan fod y ddafad yn cynrychioli masnach wlân Cwmni'r Dilledyddion, ond doedd ganddo ddim syniad beth oedd arwyddocâd y tair coron. O boptu'r porth mawreddog roedd cerflun anferth o ddyn cyhyrog yn gwisgo tyrban ar ei ben ac yn dal bwndel o ddefnydd yn ei freichiau, a'r tyrbanau'n gwneud i'r ffigurau edrych yn egsotig. Hwn oedd un o'r pyrth mwyaf trawiadol a welsai Dylan ar adeilad erioed, ac fel hanesydd teimlai ychydig o gywilydd nad oedd erioed wedi clywed am y lle cyn ddoe.

Aeth i mewn trwy'r drws a syllu ar y coridor godidog a ymestynnai o'i flaen. Ar hyd y waliau roedd paneli o bren derw gyda lluniau paent-olew hynafol yn hongian arnynt – portreadau o bobl fu'n gysylltiedig â'r Dilledyddion dros y canrifoedd. Yma a thraw roedd ambell soffa gyffyrddus yr olwg wedi'i gorchuddio â defnydd melfed porffor. Cerddodd Dylan ymlaen yn barchus ar y carped o wlân trwchus. Trwy ddrws gwydr ar y dde, gwelai ardd fewnol hyfryd â ffynnon yn ei chanol gyda cherflun o fachgen ifanc yn ganolbwynt i'r olygfa dangnefeddus.

Doedd dim golwg o neb, felly penderfynodd Dylan ddringo'r grisiau crand ym mhen draw'r coridor. Roedd ganddo ychydig o amser cyn ei apwyntiad, ac roedd yn awyddus i weld rhagor. Roedd yr ystafelloedd ar ben y grisiau'n adlewyrchu'r cyfoeth a gasglwyd dros y canrifoedd gan y cwmni yma o fasnachwyr. Addurnwyd pob ystafell â lluniau, dodrefn a thapestrïau ysblennydd, ac roedd yr un symbolau i'w gweld ym mhobman – defaid, y tair coron, a sarff yn ymgordeddu o gwmpas ffon. Wrth iddo gerdded ar hyd y coridor a gysylltai Neuadd y Lifrai a Pharlwr y Llys, sylwodd Dylan ar lythyr mewn ffrâm ar y wal. Aeth yn nes a gweld mai breintlythyr gan y brenin Edward III oedd e, yn caniatáu hawliau arbennig i'r cwmni yn y flwyddyn 1364.

Edrychodd Dylan ar ei oriawr; roedd yn bum munud

i ddau. Gwell iddo frysio. Aeth at y grisiau a dechrau cerdded 'nôl i'r llawr gwaelod. Hanner ffordd i lawr, gwelodd ddyn tal mewn siwt drwsiadus yn edrych i fyny tuag ato.

'Can I help you?' gofynnodd y dyn.

'Yes, I have an appointment – I was hoping to see the records and letters of Thomas Howell,' atebodd Dylan.

'Oh! I'm terribly sorry but they're not here. They've been removed for conservation work. I'm afraid you've had a wasted journey.'

'Oh no! Really?' Roedd y siom yn amlwg ar wyneb Dylan.

'Yes, these things have to be done from time to time. Sorry.'

'Oh . . . what a shame. Well, thanks for your help.'

Trodd Dylan ar ei sawdl a cherddodd ar hyd y coridor a arweiniai 'nôl at y brif fynedfa. Roedd hyn yn siom go iawn. Mae'n debyg nawr na fyddai byth yn dod i wybod pam roedd gan Emyr ddiddordeb yn Thomas Howell; dyn a ŵyr pryd byddai'r cofnodion ar gael i'w harchwilio eto.

Cyrhaeddodd ben draw'r coridor, ac wrth iddo agor y drws i adael yr adeilad, rhuthrodd menyw'n syth tuag ato gan ollwng ei bag ar lawr.

'I'm terribly sorry!' meddai. 'I'm in a bit of a rush, I'm late for an appointment.'

Roedd yn amlwg i Dylan ei bod yn gweithio yno.

'No worries,' atebodd Dylan, 'let me help you.'

Aeth ar ei gwrcwd a chasglu rhai o'r papurau oedd wedi disgyn ar lawr. Wrth iddo wneud hyn, gofynnodd y ferch iddo, 'Did you enjoy your visit?'

'I did, but the records I came to see aren't here.'

'That's a Welsh accent, isn't it? I don't suppose you're Mr Jones, by any chance?'

'Yes, I am.'

'Did you have a two o'clock appointment?'

'Yes.'

'To see the Thomas Howell documents?'

'That's right – but your colleague has just told me they've been sent away for conservation.'

Edrychodd y ferch yn syn arno. 'But my colleague isn't working today. She's on holiday.'

'It was a man I spoke to. Tall, black hair?'

Dyfnhaodd y dryswch ar ei hwyneb. 'How strange! The records are here – all of them. I've got no idea who you spoke to – your appointment is with me.'

Am eiliad neu ddwy safodd y ddau fel delwau mud, y naill yn edrych i lygaid y llall. Teimlodd Dylan ias yn rhedeg drwy'i gorff wrth iddo ystyried arwyddocâd ei geiriau. Doedd hi ddim yn nabod y dyn yn y siwt . . .

'I'm Penny, by the way.' Estynnodd y ferch ei llaw i Dylan. 'Penny Fussell, archivist for the Drapers. Look, come with me and I'll show you the archives. I'll have to make some enquiries about that man later.'

∎

Rhoddodd Penny bâr o fenig gwynion i Dylan. Roedd yntau'n gyfarwydd â thrafod hen lawysgrifau, felly gwisgodd nhw heb oedi. Roeddent mewn ystafell breifat ym mherfeddion yr adeilad, a'r ddau'n pori dros amryw o lyfrau a phapurau hynafol iawn yr olwg. Gafaelodd yr archifydd yn ofalus mewn un llawysgrif.

'You see, look at this – written by Thomas Howell himself. A letter from Seville sent to the Worshipful Company of Drapers in London.'

Safai Dylan yno'n gegagored yn edrych ar lawysgrifen cyd-Gymro fu'n byw yr un cyfnod â Harri VIII. Teimlai fel plentyn mewn siop losin.

'And this,' meddai'r archifydd gyda balchder amlwg, 'is definitely the jewel in the crown.'

Ar hyn, agorodd ddrws cwpwrdd metel wrth ei hymyl ac estyn llyfr trwchus ohono.

'The Ledger of Thomas Howell. It contains a record of all the commercial transactions undertaken by Howell during an eleven-year period. It's also the earliest surviving example of double-entry bookkeeping in the country.'

Er nad oedd Dylan yn siŵr beth yn union oedd ystyr *double-entry bookkeeping*, roedd un cipolwg ar y llyfr cyfrifon yn ddigon i'w argyhoeddi bod hwn yn drysor amhrisiadwy. Ar glawr lledr y llyfr roedd rhyw fath o symbol astrus.

Rhywle yng nghefn ei feddwl, roedd gan Dylan frith gof o weld y symbol o'r blaen.

'What's the meaning of this symbol?' gofynnodd.

'Ah, that's called a lading mark. The merchants each had their own unique mark to distinguish themselves from other businesses. It's really a combination of some of the letters in his name, the large "T" making a cross shape, and look, the bottom of the "T" makes the letter "h" – "T" for Thomas, "H" for Howell. You're welcome to turn a few of the pages – with care, of course!'

Agorodd llygaid Dylan led y pen. Cofiai nawr ymhle y gwelsai symbol Thomas Howell o'r blaen – ar fathodyn dillad ysgol y merched a arferai basio'i gartref ar eu ffordd i Ysgol Howells yn Llandaf.

Â dwylo crynedig, dechreuodd Dylan chwilota yn y tudalennau. Gallai weld bod y cofnodion wedi'u hysgrifennu yn Saesneg, ond roedd ambell air Sbaeneg hefyd yn tynnu'i sylw. Ar bob tudalen roedd rhestri hir o'r nwyddau oedd yn cael eu mewnforio a'u hallforio rhwng Lloegr a Sbaen yng nghyfnod y Tuduriaid – brethyn, haearn, olew a gwin – ac roedd pris pob eitem wedi'i gofnodi'n fanwl. Mewn un colofn o rifau, sylwodd Dylan ar rai ffigurau dieithr yr olwg.

'What are these figures here?'

'Ah, they're Arabic numerals. Howell was based in Andalucía in Spain, and he would have been influenced by the Moors – the Arabs who had been in Spain for centuries. They came over from North Africa in the eighth century and conquered most of the country. They brought their own culture with them and their own religion, Islam. They also brought into western Europe all the great learning of the East which had been developing for centuries in Arabic cultures. For eight hundred years Spain was a mix of Islamic, Christian and Jewish ways of living, especially in Al-Andalus, the south of the country, where the Arabic influence was strongest. At the time Thomas Howell lived in Seville, the Moors had officially been banished from the country by the Christian kings and queens of Spain, but their way of life lived on for centuries, and their influence in the fields of learning, such as mathematics, continued to be important. Did you know, for example, that *algebra* is an Arabic word? So it would have been entirely natural for Howell to use the Arabic numerals you can see there. You've probably noticed that he uses Roman numerals as well.'

Wrth iddi siarad, sylwodd yr archifydd fod rhywbeth arall yn y llyfr wedi tynnu sylw Dylan. Doedd hi erioed wedi gweld neb yn edrych ar y llyfr cyfrifon â chymaint o ddiddordeb. A dweud y gwir, roedd sioc i'w weld yn amlwg ar ei wyneb.

'Do you think Howell could speak Welsh?' gofynnodd Dylan iddi, bron yn sibrwd.

'Well . . . it's possible, I suppose. Certainly his family were based in Wales. Why?'

Pwyntiodd Dylan at golofn yn y llyfr. 'What's listed in this column?'

'That's a personal account of exports from London to

Howell's home in Seville. If I remember, isn't there an oak chest mentioned in the list?'

'Yes, I can see that . . . but what about this?'

Pwyntiodd Dylan at y dudalen felen a dangos y gair oedd wedi tynnu ei sylw.

'That's a word I haven't been able to fathom, to be honest. He uses a lot of abbreviations in the ledger, as you can see, and sometimes they're hard to decipher.'

'I think I know what it says,' meddai Dylan. 'It's *pren*. That's Welsh for wood.'

'Really? Wood? That seems unusual. He's normally very precise in everything he lists.'

'It has an older meaning. Sometimes it's used to mean the cross of Jesus.'

'Really? That's interesting. I suppose it could have been a personal aid to prayer that he wanted to have in Seville. As a Catholic, this type of thing would have been an important part of his worship. He spent his last days in Spain – in fact, he was actually buried there.'

Er bod Dylan yn edrych ar yr archifydd, doedd e ddim yn gwrando arni. Yn ei feddwl, gallai glywed llais Huw, y tywysydd yng nghapel St. George yn Windsor: '. . . roedd dyn o'r enw Hywel wedi prynu'r groes yng nghyfnod Harri VIII.' Rhaid taw Thomas Howell oedd y dyn hwnnw. Dyma beth oedd Emyr yn ei feddwl! Mae'n rhaid ei fod ar y trywydd iawn. Ond pam fyddai Howell eisiau anfon y darn bach o'r Wir Groes, y Groes Naidd, yr holl ffordd i'w gartref yn Sbaen?

Tra oedd yn pendroni dros y cwestiwn, daeth Dylan yn ymwybodol bod Penny'n syllu arno.

'Are you alright, Mr Jones?' gofynnodd a chonsŷrn yn ei llais.

'Yes! Sorry, I'm fine. I was just thinking . . . do you happen to know what happened to Howell's possessions after he died?'

'Yes, they were brought over in a wooden chest from Spain and deposited with the Drapers in this hall. The chest contained a huge fortune.'

'And the cross?'

Ysgydwodd yr archifydd ei phen. 'There's no record of it – it certainly wasn't one of the items in the chest.'

■

Roedd y ciw tu allan i Amgueddfa Banc Lloegr wedi lleihau cryn dipyn wrth i Dylan gerdded ar hyd Threadneedle Street ar ei ffordd yn ôl i'r orsaf drên. Ni wyddai'n iawn beth fyddai ei gam nesaf. Roedd yn hollol siŵr bod Emyr wedi ymweld â chapel St. George a'i fod wedi gwneud y cysylltiad rhwng Thomas Howell a'r Groes Naidd. Ond beth nawr? Teimlai fel petai wedi cychwyn ar siwrnai ond heb gyrraedd pen y daith. Pam fyddai Howell wedi anfon y groes i Sbaen? Gwyddai ei fod yn perthyn i'r Catholigion, felly ai ceisio amddiffyn y groes rhag cael ei difa oedd ei fwriad? Efallai fod Howell yn synhwyro na fyddai'r groes yn ddiogel pe bai'r

Protestaniaid Tuduraidd yn gwireddu eu dymuniad i gael gwared ar ddelwau Pabyddol. Fel Cymro, efallai bod Thomas Howell yn teimlo bod ganddo gysylltiad arbennig â'r Groes Naidd. Oedd y ffaith ei fod wedi defnyddio'r gair Cymraeg *pren* yn hytrach na *cross* yn ei lyfr cyfrifon yn dangos ei fod yn gwneud ei orau i gadw'r peth yn gyfrinachol?

Chwyrlïai'r syniadau hyn ym mhen Dylan wrth iddo gyrraedd y groesfan ar waelod y stryd a gweld mynedfa drên tanddaear y Bank o'i flaen. Rhoddodd ei docyn diwrnod yn y peiriant a phrynu coffi mewn ciosc ar ei ffordd at y grisiau symudol. Bwriadai fynd ar y trên tanddaear hyd at orsaf Waterloo ac yna ar y trên cyffredin yn ôl i Windsor. Yr unig beth y gallai ei wneud nawr oedd dychwelyd i Gaerdydd er mwyn ymchwilio i hanes y Groes ar ôl iddi adael Llundain. Roedd wedi darganfod cymaint mewn dau ddiwrnod. Tybed beth arall fyddai'n cael ei ddatgelu?

Safai Dylan ar ymyl y platfform prysur yn edrych ar y sgrin uwch ei ben; pedair munud tan y trên nesa. Cymerodd lymaid o'r coffi. Tra syllai i berfeddion y twnnel o'i flaen, clywodd lais y tu ôl iddo.

'Don't turn round . . . if you do, you'll regret it.'

Pwy bynnag oedd perchennog y llais, gwyddai Dylan ei fod o ddifri. Safai mor agos ato fel y gallai deimlo'r anadl ar ei glust.

'You didn't listen, did you? Please don't interfere.'

'Interfere in what?'

Ni chafodd ateb. Arhosodd Dylan yn gwbl lonydd. Gwelodd ei drên yn cyrraedd a'r bobl yn mynd arno, ond arhosodd Dylan yn ei unfan fel petai ei draed wedi'u gosod mewn sment. Teimlai ddiferion o chwys yn cronni rhwng ei wefus uchaf a'i drwyn, ond cymaint oedd ei ofn fel na feiddiai droi ei ben na symud unrhyw ran o'i gorff.

Yn raddol, daeth yn amlwg nad oedd y llais am ddweud rhagor. Trodd Dylan ei ben, fodfedd ar y tro, ac edrych y tu ôl iddo. Gwelai fôr o wynebau a phobl yn heidio i mewn ac allan o'r orsaf, ond doedd dim sôn yn unman am berchennog y llais. Sychodd y chwys o'i wyneb a dechrau anadlu'n fwy rheolaidd. Roedd ei deimladau a'i feddyliau wedi dod i ffocws poenus o glir. Ceisiai wneud synnwyr o'r hyn oedd newydd ddigwydd, ond methodd.

Ychydig oriau'n ddiweddarach, ac yntau'n gyrru'n ôl ar hyd yr M4 ac yn nesáu at Bont Hafren, daeth yr atgof fel cyllell i'w drywanu. Y dyn yn Neuadd y Dilledyddion . . . y dyn yn y siwt . . . ai'r un dyn oedd yn yr orsaf? Nid oedd wedi meddwl llawer amdano ers ei ymweliad â'r neuadd; roedd yr wybodaeth am Thomas Howell wedi mynd â'i sylw'n llwyr. Ond nawr, ni allai feddwl am unrhyw esboniad arall heblaw bod cysylltiad rhwng y ddau ddyn. Pam yn y byd fyddai rhywun yn ei ddilyn i'r orsaf i'w rybuddio? A'i rybuddio rhag beth? Rhag edrych ar hen ddogfen? Yr unig beth oedd yn bwysig iddo bellach oedd cwblhau ymchwil Emyr, er parch iddo fe a'i deulu . . . er mwyn Emyr roedd yn gwneud hyn i gyd.

Yn sydyn, teimlodd Dylan ei wyneb yn gwelwi wrth iddo ystyried y posibilrwydd. Oedd yr Athro wedi derbyn rhybudd hefyd? Efallai ei fod, ond nad oedd Emyr wedi gwrando . . .

Pennod 7

EISTEDDAI DYLAN ar stôl uchel o flaen bar pren sgleiniog yn y Taberna Coloniales. Bedair awr yn gynharach roedd yr awyren y teithiai arni – Iberian Airlines 7001 o Heathrow – wedi glanio ym maes awyr San Pablo, ddeg cilomedr i'r gogledd o ddinas Seville. Bu'n fater hawdd cael tacsi i'r gwesty, ond ar ôl treulio tri chwarter awr yng nghefn y cerbyd, dechreuodd Dylan amau bod y gyrrwr yn mynd ag e ar y *scenic route* er mwyn gallu codi pris uwch arno.

Ar ôl cyrraedd ei westy ar Calle de Castelar, ymolchodd a newid ei ddillad yna aeth allan i sawru'r awyrgylch. Treuliodd ddwy awr bleserus yn crwydro hen strydoedd ardal El Arenal ar ochr orllewinol yr afon Guadalquivir, a buan iawn y daeth Dylan i'r casgliad ei fod mewn dinas gynhyrfus, fywiog a phrydferth. Gan ddilyn ei drwyn a chrwydro'r strydoedd troellog, bu'n edrych i mewn trwy ffenestri'r tai bwyta a'r tafarnau niferus a gweld teuluoedd cyfan yn mwynhau noson allan yng nghwmni ei gilydd. Ar y stryd cerddai niferoedd mawr o Sbaenwyr heibio iddo, yn hamddenol braf yn eu dillad gorau, wrth iddynt geisio penderfynu ble i gael eu cinio hwyrol. Sylwodd Dylan ar y drysau pren hynafol yn agor allan yn union i'r stryd, ac o'r tu ôl i'r rhain clywai synau cymysg y trigolion yn eu *apartamentos* yn chwerthin, gweiddi a chanu. Bu'n rhyfeddu at brydferthwch balconïau'r fflatiau uwch ei ben, gyda'r blodau yn rhaeadru dros eu hochrau, a gwenodd wrth weld merch fach yn ceisio helpu ei mam i hel dillad ar un ohonynt.

Ni wyddai Dylan sut yn y byd roedd trigolion Seville yn arfer byw cyn i systemau tymheru awyr gael eu dyfeisio; roedd gwres tanbaid diwrnod ym mis Gorffennaf wedi treiddio trwy waliau'r adeiladau a'r strydoedd bellach fel ochrau rhyw ffwrn enfawr yn cadw'r gwres i mewn. Erbyn hyn, byddai'n falch o gael cysgod a diod oer yn eistedd wrth y bar yn y Taberna Coloniales. Roedd enw un cwrw i'w weld ym mhobman – y cwrw lleol, yn amlwg, meddyliodd Dylan.

'*Cruzcampo, por favor,*' meddai wrth y dyn ifanc y tu ôl i'r bar.

Cyrhaeddodd ei ddiod mewn chwinciad ac yna, ychydig yn ddiweddarach, daeth plataid bach o fwyd môr a darnau bach o fara wedi ffrïo. Er bod Dylan wedi clywed am yr arferiad yn Sbaen o roi tapas i rywun oedd yn cael diod, dyma'r tro cyntaf iddo brofi'r peth ei hunan. Roedd yn rhywbeth mor groesawgar i'w wneud, yn enwedig i ddieithryn fel fe; dechreuodd deimlo y byddai'n mwynhau ei arhosiad yn Seville.

Ar ôl dychwelyd i Gaerdydd yn dilyn ei ymweliad â Llundain, roedd Dylan wedi bod yn pendroni am ddyddiau lawer ynghylch beth i'w wneud nesaf. Roedd wedi'i syfrdanu gan hanes y Cymro Thomas Howell ac, os oedd yn gwbwl onest, fe'i hudwyd gan y ffaith ei fod wedi darganfod cymaint ar ei ymweliadau â Windsor a Neuadd y Dilledyddion; tybed a allai ddarganfod rhagor yn Sbaen? Yn ôl pob tebyg, nid oedd y Groes Naidd wedi dychwelyd i Lundain wedi marwolaeth Thomas Howell. Oedd yna unrhyw siawns ei bod yn Seville o hyd? Bu'r cwestiwn hwn yn llenwi'i feddwl bob dydd ers ei ymweliad â Llundain. Bu hefyd yn agos at godi'r ffôn sawl gwaith i ddweud wrth yr heddlu am y bygythiad a dderbyniodd yn yr orsaf drên. Yn y diwedd, penderfynodd beidio â gwneud. Roedd y syniad bod yna rywun neu rywrai'n ceisio'i atal rhag darganfod y gwir am farwolaeth ei ffrind wedi tanio awydd a chwilfrydedd Dylan hyd yn oed ymhellach.

Un o'r pethau cyntaf a wnaeth ar ôl cyrraedd adre oedd ffonio Penny, yr archifydd yn Neuadd y Dilledyddion. Gofynnodd iddi a oedd unrhyw wybodaeth wedi dod i'r fei ynghylch y gŵr y bu'n siarad gydag ef yn y Neuadd, yr un oedd yn honni ei fod yn gweithio yno. Atebodd yr archifydd ar unwaith; na, doedd yr un o'i chydweithwyr yn gwybod dim am y dyn. Gofynnodd Dylan iddi hefyd a oedd unrhyw wybodaeth ganddi am y man lle bu Howell yn byw yn Seville, ond yn anffodus cafodd wybod bod aelod o'r Dilledyddion wedi ceisio darganfod lleoliad ei dŷ rai blynyddoedd ynghynt, ond nad oedd wedi llwyddo.

Erbyn hyn, roedd yr awyrgylch yn y Taberna Coloniales yn dechrau bywiogi wrth i gyplau ifanc deniadol archebu *finos* wrth y bar a'u sipian â steil. Chwyrlïai'r gweision yn eu crysau gwynion o gwmpas y byrddau bwyd oedd yn dechrau llenwi â grwpiau mawr o *sevillanos* hwyliog. Gwenodd Dylan wrth weld teuluoedd cyfan, yn famau a thadau, neiniau, teidiau a phlant yn mwynhau bwrlwm y noson. Roedd yr awyrgylch yn heintus, a themtiwyd Dylan i archebu trydydd gwydraid o Cruzcampo, ond penderfynodd fod dau'n ddigon am un noson; roedd ôl-effaith y daith o Gaerdydd i Heathrow a'r hediad i Sbaen yn dechrau dweud arno. Beth bynnag, byddai angen iddo godi'n weddol gynnar bore fory i geisio dod o hyd i wybodaeth am Thomas Howell.

■

Pwysodd Dylan ei gefn yn erbyn y wal i gael ei wynt ato. O'r diwedd, ar ôl ugain munud o ddringo, roedd wedi cyrraedd pen y tŵr. Roedd y ferch yn y ganolfan dwristiaeth wedi dweud wrtho y byddai'r olygfa'n werth yr ymdrech, ac roedd hi'n berffaith gywir. O'i safle uchel yng nghlochdy Eglwys Gadeiriol Seville, gallai Dylan weld y ddinas fawreddog yn ymestyn i'r pellteroedd. Yn amgylchynu'r ddinas i bob cyfeiriad roedd milltiroedd eang o dir melynfrown, crasboeth. I Dylan, edrychai Seville fel rhyw werddon anferth yng nghanol anialwch. Yr unig beth oedd yn meddalu'r tirwedd oedd afon urddasol Guadalquivir, gyda'r ddinas yn glynu wrth ei glannau fel petai'n sugno'r maeth roedd ei angen arni i gael byw yn y fath ddiffeithwch. Edrychai Dylan i lawr ar gant a mil o doeau coch a gwelai ddwsinau o dyrau eglwysi'n codi uwchben y cyfan yn eu hymgais i gyrraedd lle gwell. Meddyliodd am y miliynau o bobl oedd yn byw eu bywydau yn y ddinas islaw, a mentrodd obeithio mai yn rhywle oddi tano y gorweddai'r ateb i'r dryswch oedd wedi llwyr feddiannu'i fywyd yn dilyn marwolaeth ei ffrind.

Cyn gadael yr Eglwys Gadeiriol, roedd yn rhaid iddo ymweld â'r Patio de los Naranjos. Y tu mewn i waliau'r adeilad eglwysig roedd gardd hyfryd o goed orenau a blannwyd gan y Mwriaid o Ogledd Affrica yn y ddeuddegfed ganrif. Mosg oedd yno bryd hynny, a minarét Islamaidd oedd y clochdy roedd Dylan newydd ei ddringo. Yng nghanol yr ardd roedd ffynnon lle arferai'r Mwslemiaid baratoi ar gyfer addoli drwy ymolchi yn y dŵr. Doedd Dylan erioed wedi gweld lle mor hyfryd y tu mewn i furiau eglwys, ac arhosodd yno am ychydig i hel meddyliau gan wrando ar dincial heddychlon dŵr y ffynnon.

Camodd Dylan allan o'r eglwys gan adael ei fyfyrdodau ar ôl yn y berllan orenau, ac estynnodd am ei sbectol haul wrth i'r golau llachar frifo'i lygaid. Safai mewn sgwâr mawr agored rhwng yr Eglwys Gadeiriol a'r Palas Brenhinol, ac er bod y sgwâr yn llawn ymwelwyr o bob hil dan haul, sylwodd Dylan nad oedd fawr o Sbaeneg i'w glywed yn unman; yn amlwg, doedd y brodorion ddim am fentro allan tra bod haul mis Gorffennaf ar ei danbeidiaf. Yn y ganolfan dwristiaeth, roedd wedi derbyn taflen yn rhestru mannau mwyaf diddorol Seville, ynghyd â map o'r ddinas, ac wrth iddo edrych ar y rhestr yn awr teimlai Dylan yr hoffai dreulio pythefnos yma'n archwilio'r holl gyfoeth oedd gan y ddinas i'w gynnig. Gwyddai, serch hynny, ei fod wedi dod yma ar berwyl arbennig. Ond ymhle yn Seville y gallai ddisgwyl dod o hyd i wybodaeth am Gymro o oes y Tuduriaid? Y lle amlwg oedd y llyfrgell, wrth gwrs. Chwiliodd ar y map ac anelu am y llyfrgell.

Wrth iddo adael y sgwâr, cerddodd Dylan heibio i adeilad mawr urddasol a guddiwyd yn rhannol gan goed palmwydd. Nid oedd wedi sylwi arno o'r blaen, efallai oherwydd nad oedd y lle'n denu cymaint o ymwelwyr â'r Eglwys Gadeiriol a'r Palas Brenhinol gerllaw. Roedd y coed yn harddu mynedfa'r adeilad ac yn rhoi cysgod derbyniol rhag y gwres llethol. Gwelodd Dylan y geiriau ar yr arwydd: 'Archivo General de Indias'.

Yna, cofiodd. Wrth iddo adael y gwesty'n gynharach, roedd y ferch ifanc yn y dderbynfa wedi'i siarsio i ymweld ag adeilad hynod o ddiddorol ar y prif sgwâr. Roedd hi hefyd wedi rhoi tocyn iddo oedd yn caniatáu gostyngiad ar y pris mynediad. Rhoddodd Dylan ei law ym mhoced ôl ei siorts ac edrych ar y tocyn. Ie, dyma fe, yr Archivo. Agorodd y daflen o'r Swyddfa Dwristiaeth a chwilio am enw'r adeilad. Darllenodd y disgrifiad byr:

Archivo de Indias – built in the sixteenth century as a merchants' exchange, the Archive of the Indies now houses documents relating to the Spanish colonization of the Americas. It contains some four million antique documents, including letters exchanged between Christopher Columbus and his patron, Queen Isabella, which detail his discoveries. These very rare documents are locked in air-conditioned storage to prevent them from disintegrating.

Roedd Dylan newydd weld bedd Columbus y tu mewn i'r Eglwys Gadeiriol, ac roedd y syniad o allu edrych ar lythyrau un o wŷr enwocaf byd hanes yn ei gyffroi. Ond y geiriau ar y daflen a hoeliai sylw Dylan oedd '*built in the sixteenth century as a merchants' exchange*'. Gwyddai am un dyn arbennig oedd yn fasnachwr yn Seville yn y cyfnod hwnnw – Thomas Howell. Heb oedi, dringodd y grisiau at y fynedfa a mynd i mewn i'r adeilad.

Pennod 8

Safai Dylan yng nghyntedd yr Archivo de Indias yn aros ei dro mewn ciw bychan o bobl oedd yn aros o flaen desg y derbynnydd. Roedd wyneb y dyn y tu ôl i'r ddesg yn bortread o ddiflastod llwyr wrth iddo ofyn i bob ymwelydd ym mha iaith yr hoffen nhw gael y daflen wybodaeth. Ond roedd yr olwg ar wyneb y derbynnydd yn gwrthgyferbynnu'n llwyr â'r olwg ar wyneb yr ymwelwyr wrth iddyn nhw ddod i mewn i'r adeilad. Tra oedd yn aros ei dro yn y ciw, cafodd Dylan fodd i fyw wrth weld yr ymwelwyr yn bywiogi drwyddynt a'u hwynebau'n goleuo â diddordeb cyn gynted ag y byddent yn camu trwy'r drws. Yn amlwg, roedd bod yng nghyntedd ysblennydd yr Archivo yn brofiad gwefreiddiol. Roedd y llawr marmor amryliw'n sgleinio digon i fedru gweld eich adlewyrchiad ynddo, ac ym mhen draw'r neuadd roedd grisiau eang, eto o farmor, yn arwain at y lloriau uwchben. Yn y muriau o amgylch y cyntedd roedd agoriadau tal, bwaog yn arddangos cerfluniau a lluniau godidog. Yn un o'r agoriadau hyn sylwodd Dylan ar groes wedi'i cherfio o farmor pinc hyfryd. Rhaid bod arwyddocâd i'r groes, meddyliodd Dylan, gan ei bod mewn safle mor amlwg. O'r diwedd, daeth ei dro yntau wrth y ddesg. Roedd ar fin gofyn i'r dyn a eisteddai yno beth oedd hanes y groes farmor, ond newidiodd Dylan ei feddwl wrth weld ei wyneb, oedd cyn hired â chloc wyth niwrnod.

'*Que idioma*?' gofynnodd y derbynnydd yn sychlyd.

Roedd Dylan yn barod am y cwestiwn ar ôl gwylio'r rhai o'i flaen yn y ciw.

'*Inglés, por favor.*'

Estynnodd y derbynnydd daflen fechan iddo heb ddweud gair, gan bwyntio at y grisiau. Yn amlwg, y cam nesaf i bob ymwelydd oedd dringo'r grisiau i'r llawr cyntaf. Cymerodd Dylan y daflen, yn ansicr a ddylai ddiolch amdani ai peidio. Penderfynodd nodio'i ben yn gwrtais cyn cerdded tuag at y grisiau.

Roedd gwychder y grisiau hyd yn oed yn fwy amlwg wrth iddo agosáu atynt. Plethwyd marmor oren, gwyn, brown a du gyda'i gilydd i greu celfyddydwaith trawiadol. Arhosodd Dylan am ennyd i'w edmygu cyn troi at y daflen yn ei law. Disgrifiai'r daflen sut y bu i'r Archivo gael ei gynllunio yn yr unfed ganrif ar bymtheg ar ôl i gyngor y ddinas gwyno wrth frenin Sbaen am arferiad rhai masnachwyr o gynnal eu busnes ar y grisiau y tu allan i'r Eglwys Gadeiriol, a hyd yn oed y tu mewn i'r Eglwys ei hunan. Roedd y brenin, mae'n amlwg, wedi cytuno bod angen lle addas i fasnachwyr Seville fedru gweithio ynddo. Heb os, meddyliodd Dylan, byddai Thomas Howell yn un o'r masnachwyr hyn. Medrai Dylan ddychmygu'r Cymro'n sefyll yng nghanol grŵp o ddynion busnes Seville, yn bargeinio dros bris y brethyn o Brydain a phris y gwin a'r olew o Sbaen.

Arweiniai'r grisiau at ystafell anferth oedd yn debycach i gorff eglwys nag i ganolfan fusnes. Yn ymestyn o flaen Dylan roedd neuadd eang ac uchel ac iddi do o bren cerfiedig yn ffurfio bwa gosgeiddig drosti. Lluniwyd y muriau ar bob ochr o bren o wahanol liwiau, a pheth ohono'n amlwg yn bren egsotig o ben draw'r byd. Yn erbyn y muriau hyn, ac ar hyd y neuadd gyfan, roedd silffoedd yn gyforiog o lyfrau hynafol. Yng nghanol y neuadd, ar lawr o sgwariau marmor oren a gwyn, roedd blychau anferth o bren a gwydr yn arddangos mapiau a dogfennau amhrisiadwy yn adrodd hanes yr anturiaethwyr o Sbaen yng ngwledydd newydd yr Amerig. Dechreuodd Dylan gerdded yn hamddenol ar hyd y neuadd ac arhosodd i edrych ar gynnwys y blwch cyntaf. Ynddo roedd map o'r unfed ganrif ar bymtheg yn dangos porthladd a chastell Acapulco yn Mecsico. Thema'r arddangosfa oedd dangos sut y bu'n rhaid i'r Sbaenwyr amddiffyn eu tiroedd yn y Byd Newydd rhag ymosodiadau eu gelynion dros gyfnod o dair canrif.

Dim ond ychydig o ymwelwyr oedd yn y neuadd, ac roedd dau ohonynt yn siarad â merch ifanc o flaen un o'r blychau eraill. Pwyntiai'r ferch at gynnwys y blwch, a siaradai Saesneg ag acen Sbaenaidd gref. Rhaid ei bod hi'n gweithio i'r Archivo, meddyliodd Dylan. Arhosodd nes bod y ddau ymwelydd wedi gorffen siarad â hi yna cerddodd tuag ati. O bell, edrychai'r ferch yn atyniadol, ond wrth iddo nesáu gwelai Dylan ei bod hi'n llawer mwy na hynny. Y peth cyntaf a dynnodd sylw Dylan oedd ei hosgo; safai yno'n dalsyth, yn hollol hyderus yn ei chorff lluniaidd. Roedd ei gwallt du, tonnog yn dilyn symudiadau gosgeiddig ei phen, ac wrth iddi edrych ar Dylan yn symud tuag ati gwelai ei llygaid tywyll yn serennu. Gwenodd arno'n gwrtais gan wyro ei phen fymryn i'r ochr fel petai'n barod am yr ymholiad nesaf. Roedd ei phrydferthwch yn ddigon i beri i Dylan oedi am eiliad, cyn iddo ddechrau siarad â'r geiriau roedd wedi bod yn eu hymarfer wrth hedfan i Sbaen.

'*Lo siento, no hablo mucho español.*'

'*No importa*,' atebodd hi, 'I speak a little English. Do you speak English?'

'Yes.'

'Did you want any help with the exhibition?'

'Yes. No! Er . . .'

Chwarddodd y ferch wrth iddi synhwyro'i betruster, a gwelodd Dylan ei gwefusau coch yn agor mewn gwên hyfryd.

'I wanted to ask about the marble cross in the foyer downstairs. Do you know anything about it?'

'*La cruz*? Yes, of course. The cross has been here for centuries, and the merchants in the exchange would have to stand beneath it and swear an oath to be honest in all their business dealings.'

'I see. I did think it looked important. Would there be any chance of speaking to the archivist here? I'm trying to find some information about a merchant from Britain who lived in Seville.'

'Certainly – I am the archivist!' meddai gan wenu arno.

Doedd Dylan ddim yn disgwyl yr ateb hwnnw. Roedd hon yn bert, ac yn ddeallus hefyd, meddyliodd; yn amlwg, pan oedd Duw yn dosbarthu cardiau i bawb roedd hi wedi derbyn yr *aces* i gyd.

'My name is Alanza Gutiérrez-Moreno. And you are . . . ?'

'Dylan Jones. I'm a History lecturer. I'm doing some research about a man called Thomas Howell who was a merchant based here in Seville in the sixteenth century.'

'Ah, I see. Well, the research rooms are not open to visitors without an appointment, but . . .' Edrychodd ar ei horiawr a gwenu arno eto, gan ddweud, 'Come with me. I have some time.'

Dilynodd Dylan yr archifydd i ben draw'r neuadd a thrwy gyfres o ddrysau nes iddi stopio y tu allan i ddrws gyda'r geiriau *Salas de Investigadores* arno. Edrychodd Dylan yn chwilfrydig ar Alanza, a chyn iddo ofyn eglurodd hi mai'r ystafelloedd ymchwil oedd y rhain. Agorodd y drws ac aeth y ddau i mewn. Safent mewn coridor llydan gyda dwy res hir o ddesgiau pren y naill ochr a'r llall. Llifai goleuni drwy'r ffenestri bwaog anferth, ac wrth ambell ddesg eisteddai pobl â'u pennau'n ddwfn mewn tomenni o hen bapurau a dogfennau. Gallai Dylan arogli'r awyrgylch academaidd.

Arweiniodd Alanza y ffordd heibio'r tair desg gyntaf ac yna troi i'r chwith a sefyll o flaen drws arall. Y tro hwn defnyddiodd allwedd i agor y drws. Y tu ôl i'r drws roedd ystafell ac ynddi silffoedd yn ymestyn o'r llawr i'r to, a'r rheiny'n gwegian dan bwysau'r llyfrau clawr lledr a'r bwndeli o ddogfennau oedd arnynt.

'Yn y stafell yma ry'n ni'n cadw'r holl gofnodion sy'n ymwneud â'r fasnach rhwng Sbaen a Lloegr,' eglurodd Alanza. 'Efallai y dewch o hyd i rywbeth yma i helpu'ch ymchwil.'

Arhosodd Alanza am ychydig eiliadau i weld pa effaith a gâi ei geiriau. Roedd wyneb Dylan yn dweud y cyfan. Chwarddodd Alanza a thaflu'i phen yn ôl gan ddangos ei gwallt tywyll ar ei orau. Gwelodd Dylan yr olwg ddireidus yn ei llygaid.

'Peidwch â phoeni,' meddai hi, 'mae popeth ar microffilm!'

Rhoddodd Dylan ochenaid o ryddhad. Edrychodd arni eto a gwenu. Roedd yn fwy a mwy hoff o Seville bob munud.

∎

Ers bron i ddwy awr, roedd Dylan wedi bod yn un o'r criw bach myfyrgar a eisteddai wrth eu desgiau yn y coridor. Hyd yma, bu ei ymchwil gyda'r microffilm yn aflwyddiannus. Pwysodd yn ôl yn ei gadair a thynnu'i fysedd drwy'i fop o wallt du. Ochneidiodd yn ddwfn ac araf. Roedd ei lygaid yn dechrau brifo. Caeodd nhw. Roedd hyn yn anobeithiol, meddyliodd; ar y ddesg roedd pentwr o ffilmiau bach nad oedd wedi eu cyffwrdd eto. Hyd yn oed os arhosai yma am wythnos arall yn edrych ar bob un ffilm, nid oedd yn ffyddiog y deuai ar draws unrhyw wybodaeth am Thomas Howell.

Pan agorodd ei lygaid, gwelodd gorff siapus Alanza yn sefyll wrth ei ddesg. Edrychai i lawr arno a gwenu.

'Dim lwc?' gofynnodd â chydymdeimlad yn ei llais.

Eglurodd Dylan nad oedd wedi dod ar draws yr un cyfeiriad at y masnachwr o Gymro a'i fod yn dechrau digalonni. Awgrymodd Alanza efallai y byddai'n cael mwy o lwyddiant gyda'r cyfrifiadur. Arweiniodd y ffordd at ystafell arall ymhellach i lawr y coridor crand. Roedd Dylan yn falch o adael y pentwr ffilmiau y tu ôl iddo ac roedd yn braf ymestyn ei goesau ychydig ar ôl y sesiwn hir wrth y ddesg. Aeth y ddau i mewn i'r stafell ac eisteddodd Dylan wrth un o'r cyfrifiaduron. Oedodd am ychydig. Y tro hwn roedd am ddilyn trywydd gwahanol.

'Beth yw'r gair Sbaeneg am "dilleddydyddion"?' gofynnodd.

'*Pañeros*,' atebodd Alanza. 'Pam y'ch chi eisiau gwybod?'

'Wel, roedd Thomas Howell yn gweithio i Gwmni'r Dilleddyddion yn Llundain. Falle y bydd 'na wybodaeth am y cwmni ar y bas data.'

Dangosodd Alanza sut i ddod o hyd i gofnodion o'r unfed ganrif ar bymtheg ar y cyfrifiadur. Wrth iddi blygu yn ei ymyl er mwyn teipio'r geiriau ar yr allweddell, sylwodd Dylan ar siâp ei bronnau'n gwthio

yn erbyn defnydd ei thop porffor, a gallai arogli'r
persawr ar ei chroen. Ceisiodd ganolbwyntio. Teipiodd
y geiriau Sbaeneg am 'dilledyddion' a 'Llundain' i mewn
yn y chwiliwr. Edrychodd y ddau ar y sgrin, ac o fewn
ychydig eiliadau ymddangosodd rhestr o ganlyniadau.
Dechreuodd Alanza ddarllen gan gyfieithu pob un er
mwyn i Dylan eu deall. Doedd dim byd arbennig yn eu
cylch nes iddi ddarllen y nawfed cofnod: '*Una carta de la
sociedad de los pañeros de Londres sobre un cáliz de Santa
María Magdalena*'. Cyfieithodd Alanza'n syth: 'Llythyr
oddi wrth Gwmni'r Dilledyddion yn Llundain ynghylch
cwpan cymun Santa María Magdalena'.

'Santa María Magdalena?' holodd Dylan.

'Ie, eglwys fawr o'r cyfnod baróc yw hi yn El Arenal.'

'Hei, dwi'n aros mewn gwesty yn yr un ardal! Ond
dwi ddim yn deall – beth yw'r cysylltiad rhwng Cwmni'r
Dilledyddion ac eglwys yn Seville?'

'Gei di ddarllen y llythyr dy hunan – os mai o Lundain
y daeth e, bydd e yn Saesneg, siŵr o fod!'

Cliciodd Dylan ar y cofnod, ac ar y sgrin ymddangosodd
llythyr a anfonwyd gan Gwmni'r Dilledyddion at esgob
plwyf Magdalena yn Seville bron bum canrif yn ôl.

THE MASTER AND WARDENS AND BRETHEREN
AND SISTERS OF THE GUILD OR FRATERNITY OF
THE BLESSED VIRGIN MARY OF THE MYSTERY OF
DRAPERS OF THE CITY OF LONDON DO THIS DAY
BEQUEATH TO YOUR MOST VENERABLE BISHOP
A SUM OF FIVE POUNDS FOR THE PURCHASE OF

A SILVER CHALICE FOR THE CHURCH OF SAINT MARY MAGDALENE OF SEVILLE IN WHOSE PARISH RESIDED OUR MOST BELOVED SERVANT THOMAS HOWELL. THIS TO BE DONE IN HUMBLE REVERENCE AND PRAYERFUL REMEMBRANCE OF SAID THOMAS HOWELL AND IN KIND GRATITUDE FOR THE CARE ADMINISTERED TO HIMSELF ON THE OCCASION OF HIS ILLNESS AND DEATH.

YOUR MOST HUMBLE SERVANT, MASTER WARDEN OF THE GUILD OF DRAPERS OF THE CITY OF LONDON,

PETER STARKYE

Doedd dim angen i Alanza ofyn a oedd yr wybodaeth yn y llythyr yn ddefnyddiol; roedd wyneb Dylan yn dweud y cyfan.

'Mae hyn yn ffantastig! Mae Thomas Howell wedi'i gladdu yn Seville, ac yn ôl y llythyr yma roedd yn byw ym mhlwyf Eglwys María Magdalena . . . oes siawns bod ei fedd yn yr eglwys?'

'Wel,' meddai Alanza, 'does ond un ffordd i ti gael ateb i'r cwestiwn yna.'

Pennod 9

ROEDD DYLAN wedi gadael y gwesty'n gynnar er mwyn dod o hyd i'r eglwys cyn i'r haul godi'n rhy uchel. Edrychodd o'i gwmpas. Safai yn un o ardaloedd prysuraf y ddinas, ac roedd y strydoedd culion yn dechrau llenwi â *sevillanos* oedd yn awyddus i wneud ychydig o siopa cyn i'r tymheredd godi dros ddeugain gradd. Yn ei frys, roedd Dylan wedi penderfynu peidio bwyta brecwast, a nawr roedd ei stumog yn ei atgoffa bod arno angen bwyd. Tynnwyd ei sylw gan arogl hyfryd a ddeuai o siop fach gerllaw. Edrychodd ar yr arwydd uwchben y siop a gweld y geiriau *churros y patatas*. Aeth i mewn.

Roedd bar hir yn ymestyn ar hyd wal bella'r siop, a thri pherson yn sefyll yno'n bwyta. Y tu ôl i'r cownter roedd gŵr a gwraig canol oed wrthi'n ddiwyd yn paratoi'r bwyd. Yn y cefndir roedd radio'n chwarae cerddoriaeth fflamenco. Roedd awyrgylch hamddenol braf yn y lle. Aeth Dylan at y cownter, braidd yn ansicr beth i'w archebu, felly dwedodd y gair oedd i'w weld ymhobman, '*Churros, por favor.*'

'*Y chocolate*?' gofynnodd y wraig gan wenu arno.

Roedd yn amlwg ei bod hi'n synhwyro mai ymwelydd oedd e. Edrychodd Dylan i gyfeiriad y bar a gweld bod gan bob person yno gwpan bach o'i flaen, yn llawn siocled.

'*Sí, por favor, y un café.*'

Cymerodd Dylan ei goffi, ei siocled a'i blataid o *churros* ac aeth draw i sefyll gyda'r *sevillanos*. Cyn dechrau ar ei bryd, edrychodd ar hyd y bar i gael gweld sut oedd y bobl leol yn bwyta. Yna, cymerodd un o'r pibelli toes cynnes a'i dowcio yn y siocled trwchus cyn ei rhoi yn ei geg. Roedd y blas yn nefolaidd. Deallodd Dylan ar unwaith pam bod cynifer o Sbaenwyr yn dewis bwyta'u brecwast ar eu ffordd i'r gwaith. Cymerodd lymaid o'r coffi, pwyso'i gefn yn erbyn y bar a gwrando ar y cwsmeriaid yn rhoi'r byd yn ei le. Teimlodd Dylan y gallai'n hawdd iawn ymgartrefu yn Seville; roedd ei awch am y bwyd a'i fwynhad o glywed miwsig soniarus y fflamenco'n gefndir i barablu'r Sbaenwyr wedi mynd â'i fryd yn llwyr. Cymaint felly nes iddo beidio â sylwi o gwbl ar ddyn oedd yn darllen ei bapur newydd wrth un o'r byrddau yn y siop. A phan gododd Dylan i adael, cododd yntau hefyd a'i ddilyn allan i'r stryd.

Roedd pethau'n dechrau poethi ar y stryd tu allan, ym mhob ystyr o'r gair. O bryd i'w gilydd rhuai beiciau modur i ganol y dyrfa, gan agor llwybr o'u blaenau ar hyd y stryd. Bechgyn ifanc oedd y gyrwyr, y mwyafrif ohonynt heb helmedau am eu pennau. Ceisiodd Dylan ddyfalu beth fyddai adwaith yr 'heddlu' iechyd a diogelwch pe bai'r un peth yn digwydd ym Mhrydain. Roedd fel petai'r bobl leol yn gwbl ddi-hid o unrhyw berygl, ond yna cofiodd Dylan ei fod mewn gwlad lle roedd yn beth cwbl arferol i ddyn ymladd yn erbyn tarw gyda dim mwy na darn o ddefnydd coch i'w amddiffyn ei hun.

Cerddodd Dylan yn ei flaen ar hyd nifer o strydoedd cyn cyrraedd Calle San Pablo. Rhaid ei fod yn agos yn awr; yn ôl Alanza, ar y stryd hon roedd Eglwys Santa María Magdalena. Ar bob ochr i'r ffordd roedd rhesi o goed orenau hardd, ac oedodd Dylan o dan un ohonynt i gysgodi rhag yr haul. Tra oedd yn sefyll yno'n mwynhau arogl melys y ffrwythau uwch ei ben, trodd i edrych lawr y stryd. Yn y pellter gwelai dŵr eglwys yn codi'n urddasol uwchben yr adeiladau eraill. Prysurodd yn ei flaen, ac wrth iddo ddynesu at yr adeilad daeth yn fwyfwy amlwg i Dylan ei bod yn eglwys arbennig o brydferth. Fe'i cynlluniwyd yn null addurnedig cyfnod y baróc, ac roedd lliw oren a hufen y waliau'n gefndir gwych i'r teils glas, gwyn a melyn oedd yn harddu rhannau eraill yr adeilad.

Erbyn hyn roedd Dylan yn sefyll yn union o flaen yr eglwys, a gwelai mai crymdo wyth-ochrog oedd y tŵr. Ar ben y tŵr roedd coron anferth gyda chroes yn sefyll yn ei chanol. Addurnwyd ochrau'r crymdo â cherfluniau o bobl yr Inca yn eu gwisgoedd lliwgar traddodiadol. Roedd hi'n olygfa hynod o hardd. Cyrhaeddodd borth yr Eglwys, ond yn hytrach na mynd i mewn yn syth, penderfynodd archwilio y tu ôl i'r adeilad i weld a oedd mynwent yno. Dilynodd y waliau anferth nes dod o hyd i gât fawr haearn. A barnu wrth y rhwd oedd yn ei gorchuddio, roedd yn debygol nad oedd llawer o fynd a dod trwy'r fynedfa arbennig yma. Trwy'r barrau gallai Dylan weld nifer o ġerrig beddau. Gwthiodd y gât, ond roedd yn gwbl amlwg nad oedd ganddo obaith o'i hagor. Trodd i gyfeiriad y brif fynedfa, ac wrth iddo ddechrau cerdded yn ei ôl clywodd lais o'r fynwent yn gweiddi arno. Trodd Dylan ei ben a gweld hen ŵr yr ochr arall i'r gât yn ystumio arno â'i law iddo ddod yn nes. Efallai mai gofalwr y fynwent oedd e. Er nad oedd Dylan yn deall ei eiriau, roedd yn amlwg bod y dyn – a oedd yn wên o glust i glust – yn awyddus iddo ddod i mewn. Estynnodd allwedd o boced ei drowsus, datgloi'r gât a cheisio'i hagor. Aeth Dylan ato i'w helpu. Gyda chryn drafferth, fesul modfedd, llwyddwyd i agor y gât, ac estynnodd yr hen ŵr ei fraich o'i flaen mewn arwydd o groeso.

Er ei fod bellach yn sefyll ym mynwent yr eglwys, doedd dim clem gan Dylan beth i'w wneud nesaf. Edrychodd ar yr hen ŵr a syllodd yntau'n ôl arno. Doedd Dylan erioed wedi teimlo'n fwy rhwystredig oherwydd ei anallu i gyfathrebu mewn iaith arall. Yna, cafodd syniad. Ddoe, roedd wedi gweld bedd Christopher Columbus yn yr Eglwys Gadeiriol a cheisiodd gofio'r gair Sbaeneg oedd yn ei ddisgrifio.

Mentrodd, '*Sepulcra . . . sepultra*?'

'*Sepulturas, sí! sí! Muchas sepulturas!*'

Lledodd gwên yr hen ŵr yn fwy fyth, ac ymestynnodd ei ddwy fraich gan droi i edrych ar y beddau oedd yn eu hamgylchynu. Calonogwyd Dylan gan ymateb cadarnhaol y Sbaenwr, felly mentrodd eto, '*Sepultura* Thomas Howell?'

Y tro hwn, doedd ymateb y gŵr ddim mor bositif ac roedd yn amlwg nad oedd yr enw'n golygu unrhyw beth iddo. Yna, gwelodd Dylan fod yr hen ŵr wedi cael syniad.

'*Busca el cementerio de los extranjeros, no?*'

Yr unig air oedd yn canu cloch i Dylan oedd *extranjero*; cofiodd ei ddarllen yn ei lyfr taith, yn yr adran oedd yn sôn am bostio llythyrau o Sbaen i wledydd eraill. Os am anfon cerdyn post neu lythyr i Brydain, rhaid oedd defnyddio'r blychau postio melyn gyda'r gair *extranjeros*, sef *estroniaid*, arnynt. Heb oedi, atebodd Dylan yn gadarnhaol, a dilynodd yr hen ŵr i gornel bella'r fynwent. Os oedd wedi dyfalu'n gywir, roedd y gŵr yn arwain y ffordd i ran arbennig o'r fynwent lle y cleddid pobl nad oeddent yn Sbaenwyr. Stopiodd yr hen ddyn o flaen camfa bren, a gwnaeth arwydd i Dylan ei ddilyn. Ar ôl i'r ddau ddringo dros y gamfa, cododd yr hen ŵr ei ddwy fraich gan edrych ar Dylan fel petai newydd gyflawni gwyrth. Gwenodd Dylan a diolch iddo.

Roedd un olwg ar y fynwent fach yn ddigon i ddarbwyllo Dylan nad oedd hon yn cael yr un gofal â'r rhan arall; tyfai drain rhwng y beddau, ac mewn ambell fan doedd dim modd eu gweld o gwbl o dan y drain a'r drysni. Tybed a oeddent wedi'u trefnu yn ôl cenedl y meirw? Trodd Dylan at yr hen ŵr, ond er mawr syndod iddo, roedd hwnnw wedi diflannu. Edrychodd i gyfeiriad y gamfa a thu hwnt iddi i'r brif fynwent, ond doedd dim golwg ohono. Penderfynodd Dylan fynd ati i chwilio ar ei ben ei hun.

■

Erbyn hyn, roedd yr haul bron â chyrraedd ei bwynt uchaf yn yr awyr ddigwmwl uwchben Seville. Yn ffodus i Dylan, roedd hen fynwent yr estroniaid yn Eglwys Santa María Magdalena wedi'i chysgodi gan ddail anferth coed palmwydd oedd wedi tyfu'n afreolus o drwchus. Gan nad oedd yn llygad yr haul, roedd Dylan wedi gallu dal ati am awr a hanner yn chwilota am fedd Thomas Howell. Bu ar ei liniau'n tynnu mwsog a gwair oddi ar nifer o'r cerrig ac yn ymbalfalu â'i fysedd ar hyd arysgrif rhai eraill er mwyn ceisio'u darllen yn well. Buan iawn y sylweddolodd Dylan nad oedd unrhyw fath o drefn i'r beddau; ymhlith y rhai cyntaf a welodd oedd bedd rhywun o'r Almaen, a hwnnw nesaf at fedd rhywun o Bortiwgal.

Sychodd Dylan y chwys oddi ar ei dalcen â chefn ei law. Roedd yn dechrau amau doethineb yr hyn roedd yn ei wneud. Hyd yn oed pe bai'n darganfod bedd y Cymro, sut yn y byd fyddai hynny'n ei helpu i ddysgu mwy am dynged y Groes Naidd? Gallai'r groes fod yn unrhyw le yn Sbaen erbyn hyn, ac roedd ei gynllun – sef dod o hyd i reswm dros farwolaeth Emyr – yn dechrau ymddangos yn chwerthinllyd. Eisteddodd a'i gefn yn pwyso yn erbyn boncyff un o'r coed palmwydd. Edrychodd i fyny a gweld y dail yn gweu trwy'i gilydd gan greu to naturiol uwchben y tir sanctaidd islaw. Llwyddai ambell belydryn o'r haul i dreiddio trwy ganopi'r dail gan daflu rhwyd o gysgodion ar y cerrig beddi. Gorweddai Dylan yno, ei lygaid hanner ar gau, yn edrych ar y patrymau'n mynd a dod ar hyd y cerrig o'i flaen. Roedd fflachiadau ysbeidiol yr haul yn goleuo'r ysgrifen ar ambell fedd am eiliad neu ddwy, ac yna deuai'r cysgod i'w guddio unwaith eto. Ac yntau rhwng cwsg ac effro, ceisiodd Dylan ddehongli'r ysgrifen ar un garreg fedd ychydig droedfeddi i'r chwith o'r man lle gorweddai. *ES . . . ES . . . Y . . . ELLA.* Sbaeneg, meddyliodd. Gwyddai Dylan mai 'y' oedd y gair Sbaeneg am 'ac', ac mai 'hi' oedd ystyr 'ella'. Newidiwyd patrwm y goleuni eto a daeth mwy o lythrennau i'r golwg, *O . . . EDD . . . ACH.* Na, nid Sbaeneg . . . Almaeneg, efallai. Caeodd Dylan ei lygaid gan ddychmygu'n freuddwydiol beth oedd ystyr y llythrennau aneglur.

Pan agorodd ei lygaid roedd y cysgodion wedi symud eto, a mwy o'r ysgrifen yn y golwg . . . *ELLACH . . . AW RH . . . OES.* Cododd ar ei eistedd yn syth. Roedd y goleuni a ddisgleiriai ar y llythrennau hyn wedi chwalu'i feddyliau cymylog yn llwyr. Rhythodd Dylan arnynt, a phob gewyn yn ei gorff yn dynn fel tant. Roedd y cyfuniad o lythrennau a welai mor anghyffredin, ond ar yr un pryd, yn gyfarwydd iawn iddo. Stryffaglodd Dylan ar ei bedwar dros y gwair, yn ei frys i gael gwell golwg. Aeth ati'n syth i dynnu'r chwyn oedd yn tyfu dros y garreg er mwyn datguddio mwy o'r ysgrifen. Trodd *ELLACH* yn *HELLACH* a throdd *OES* yn *LOES*. Curai ei galon fel gordd. Yna, daeth i'r golwg – yr un peth yn union â'r hyn a welodd bythefnos yn ôl yn storfa Neuadd y Dilledyddion yn Llundain. Roedd yn anodd credu'r peth! Tynnodd Dylan weddill y chwyn oddi ar y garreg. Na, doedd dim modd camgymryd, roedd y cyfan yn gwbl amlwg . . . y llythyren 'T' yn troi'n 'h' . . . symbol Thomas Howell!

Cafodd Dylan sioc arall wrth iddo gymryd cam yn ôl o'r bedd er mwyn ceisio gwneud synnwyr o'r ysgrifen hynafol. Yn araf, trodd y llythrennau'n eiriau cyfarwydd . . . geiriau yn ei iaith ei hun! Ac yntau bron mewn dagrau wrth weld atgof o'i gartref mewn gwlad estron, darllenodd yn dawel iddo'i hun:

O WLAD I WLAD, FE DDAETH Y GROES
YMHELLACH DRAW, RHAG DRWG, RHAG LOES

Pennod 10

SAFAI DYLAN yng nghyntedd yr Archivo de Indias am yr eildro o fewn pedair awr ar hugain. Roedd newydd dreulio hanner awr yn rhedeg a cherdded bob yn ail ar ei ffordd yno o Eglwys Santa María Magdalena. Yn ei frys i gyrraedd yr Archivo, aeth ar goll sawl gwaith yng nghanol strydoedd dyrys Seville, a bu'n rhaid iddo ddefnyddio cawdel o Sbaeneg a Saesneg i ofyn am gyfarwyddiadau gan bobl leol. Er ei fod yn chwys domen, doedd Dylan ddim yn ymwybodol o gwbl o'r gwres. Roedd wedi cyffroi gormod i feddwl am unrhyw beth heblaw'r hyn roedd newydd ei weld yn yr hen fynwent. Cerddai'n ddiamynedd yn ôl ac ymlaen ar hyd llawr marmor y cyntedd, yn aros am Alanza. Cyn i Dylan adael yr Archivo y diwrnod cynt, roedd hi wedi ei siarsio i roi gwybod iddi pe bai'n darganfod rhywbeth diddorol. Doedd e ddim wedi disgwyl y byddai'n ôl yma mor fuan.

O'r diwedd, gwelodd Dylan Alanza'n cerdded i lawr y grisiau marmor ym mhen pella'r cyntedd. Doedd dim modd camgymryd y cerddediad gosgeiddig na'r gwallt hir tonnog. Aeth draw ati'n syth.

'Ges i neges dy fod ti eisiau 'ngweld i,' meddai Alanza. 'Wyt ti am wneud rhagor o ymchwil? Mi wna i baratoi lle yn y stafell . . .'

'Na, mae'n iawn, diolch,' torrodd Dylan ar ei thraws. 'Wnei di byth gredu beth dwi newydd ei ffeindio! Dwi 'di dod yma'n syth o'r eglwys yn El Arenal.'

'Dere draw fan hyn.'

Arweiniodd Alanza y ffordd tuag at ddrws rhwng dau o'r agoriadau bwaog oedd yn harddu muriau'r cyntedd. Agorodd y drws ac aeth y ddau i mewn i stafell eang gyda nifer o fyrddau wedi'u gosod gyda'i gilydd yn ei chanol. Roedd Dylan ar dân eisiau dweud ei hanes, ond Alanza siaradodd gyntaf.

'Welaist ti unrhyw beth diddorol?'

'Diddorol? O do! Bedd Thomas Howell, dim llai! Dwi'n dal i fethu credu'r peth. Dyna lle ro'n i, yn gorwedd fan'na'n hanner cysgu, ac fe welais i'r garreg 'ma . . . ac, wel, mae 'na sgrifen arbennig ar y bedd!'

'Sgrifen arbennig?'

'Ie.' Ysgydwodd Dylan ei ben mewn anghrediniaeth. 'Sgrifen yn fy iaith i, Cymraeg! Edrycha, dwi 'di gwneud nodyn ohono.'

Dangosodd Dylan ei lyfr nodiadau iddi gyda'r cwpled roedd wedi'i gopïo oddi ar y garreg fedd. Roedd Alanza'n amlwg yn llawn cyffro.

'Mae hyn yn ddiddorol,' meddai hi, 'ac rwyt ti'n deall y geiriau i gyd?'

'Ydw, wrth gwrs. Cymraeg yw fy mamiaith i. Ac mae'r cwpled hefyd yn cadarnhau rhywbeth dwi wedi bod yn ei amau am Howell ers tro. Wyddost ti beth, dwi'n teimlo fel dathlu! Dim ond ers tri diwrnod dwi 'di bod yn Seville, a dyma fi eisoes wedi darganfod bedd cyd-Gymro o Oes y Tuduriaid!'

'Wel,' meddai Alanza gan wenu, 'os wyt ti'n mynd i ddathlu, bydd raid i ti gael rhywun i rannu dy lawenydd, yn bydd? Beth am i ni gwrdd heno am ddiod bach – tua deg o'r gloch, efallai?'

Edrychodd Dylan arni. Sawl sioc arall oedd e'n mynd i'w gael heddiw? Roedd y ferch anhygoel o bert yma newydd ofyn iddo ei chyfarfod heno!

'Grêt! Deg o'r gloch, iawn. Mi wna i'n siŵr mod i'n cael cinio yn y gwesty cyn mynd allan.'

Chwarddodd Alanza a sylwodd Dylan ar yr olwg chwareus yn ei llygaid.

'Dwyt ti ddim wedi sylwi eto sut ry'n ni'r *sevillanos* yn byw? Mae'n nos Wener heno, a fydd pobl ddim yn dechrau meddwl am fwyta tan tua un ar ddeg o'r gloch! Heno, mi wnawn ni fwyta fel Sbaenwyr, iawn?'

'Iawn! Ble wnawn ni gwrdd?'

'Beth am rywle'n agos at fan hyn? Bydd yn hawdd i ti ffeindio'r lle wedyn. Mae tŷ bwyta neis ar Calle Arfe o'r enw La Isla, a dyw e ond tafliad carreg i ffwrdd.' Edrychodd Alanza ar ei horiawr yn sydyn. 'Hei, well i mi fynd, mae gen i gyfarfod am ddau o'r gloch.'

Wrth iddi brysuro i fyny'r grisiau trodd Alanza'n ôl a gwenu arno. Galwodd dros ei hysgwydd, 'Wela i di am ddeg!'

∎

Eisteddai Dylan ac Alanza wrth y bar yn La Isla yn rhannu tapas oddi ar ddau blât bach. Ar un ohonynt roedd darnau bach o omlet gyda llysiau ac ychydig o chorizo, ac ar y llall roedd *pinchitos morunos*, darnau o gig porc sbeislyd. Daeth y gwas â rholiau o fara ffres iddynt, ynghyd â phowlen fach o ffrwythau'r olewydd i ychwanegu at y pryd. Teimlai Dylan ei bod yn braf bod yng nghwmni un o'r bobl leol mewn lle fel hwn. Heno, doedd dim rhaid iddo boeni am ddeall y fwydlen nac am ddefnyddio'i Sbaeneg bratiog – roedd yn amlwg o'r croeso gafodd Alanza pan ddaeth i mewn ei bod hi'n gwsmer rheolaidd yn La Isla. Estynnodd y gwas y tu ôl i'r bar wydraid o win i'r ddau ohonynt. Roedd y gwydrau ychydig yn llai na'r rhai arferol, a phan estynnodd Dylan am ei wydryn ef, synnodd ei fod mor oer. Sylwodd Alanza ar ei ymateb.

'Ry'n ni wastad yn yfed *fino* yn oer, ond bydd yn ofalus – mae'n gryfach na gwinoedd cyffredin! Nawr, os nad wyt ti eisiau edrych fel twrist, dal y gwydryn wrth ei waelod, nid wrth y goes!'

'Diolch am ddweud wrtha i,' meddai Dylan, a chan godi'i wydryn i gyfeiriad Alanza, ychwanegodd, 'a iechyd da, fel ry'n ni'n ddweud yng Nghymru.'

'*Salud*! A llongyfarchiadau i ti ar dy ddarganfyddiad heddi.'

'Diolch, rwyt ti'n garedig iawn.'

Cymerodd y ddau lymaid o'r gwin oer.

'Mae'r bwyd 'ma'n fendigedig,' meddai Dylan. 'Bore

'ma, es i mewn i siop *churros* am y tro cyntaf, yn agos at yr eglwys. Heb air o gelwydd, baswn i wrth fy modd yn cael brecwast fel 'na bob dydd!'

'A does dim byd tebyg i *churros* am lenwi dy fol! Mae brid o ddafad yn Sbaen o'r enw *churro*, ac mae ganddyn nhw gyrn hir, fel y darnau o does gest ti bore 'ma.'

'Fydd dim angen llyfr taith arna i os wyt ti'n cario 'mlaen fel'na!'

Chwarddodd Alanza, a gwelodd Dylan ei llygaid duon yn pefrio. Edrychai'n fwy deniadol fyth heno, yn eistedd yno wrth ei ymyl. Cymerodd lymaid arall o'r *fino* ac edrych o'i amgylch. Roedd muriau'r tŷ bwyta'n frith o arwyddion diwylliant de Sbaen; hen bosteri'n hysbysebu gornestau ymladd teirw a dawnsfeydd fflamenco, a hyd yn oed pen ambell darw oedd wedi ennill lle anrhydeddus yng nghof y bobl oherwydd eu dewrder mewn *corrida* flynyddoedd yn ôl. Roedd y tŷ bwyta dan ei sang, a'r twrw llawen yn cynyddu wrth i ragor o bobl gyrraedd. Roedd hi'n olygfa ddifyr, ac roedd Dylan wrth ei fodd.

Torrodd llais Alanza ar draws ei feddyliau, 'Beth wyt ti'n feddwl o'r lle 'ma?'

'Wyt ti'n sôn am y tŷ bwyta neu am Seville?'

'Y ddau!'

'Wel, dwi erioed wedi bod mewn tŷ bwyta ag awyrgylch tebyg i hwn – ac am Seville, wel, mae'n un o'r llefydd hyfryta dwi wedi bod ynddo erioed.'

'Mae dywediad gyda ni yn y rhan hon o'r byd, "*Quien no ha visto à Sevilla, no ha visto maravilla*" – "pwy

98

bynnag nad yw wedi gweld Seville, nid yw wedi gweld rhyfeddod".'

'Wel, fe welais i ryfeddod bore 'ma ym mynwent Eglwys Santa María Magdalena.'

Oedodd Alanza am eiliad ac edrych ar Dylan a golwg ddwys ar ei hwyneb.

'Dwi ddim eisiau busnesu, ond dwyt ti ddim wedi sôn llawer am dy ymchwil, na pham ei bod hi mor bwysig i ti ffeindio bedd Howell.'

Tro Dylan oedd hi i ddifrifoli'n awr.

'Na, ti'n iawn, a gan dy fod ti'n gofyn, mae'n annheg 'mod i heb esbonio pethau'n llawn i ti. Dwi ddim yn gwybod ble i ddechre, a bod yn onest.'

Roedd Alanza newydd archebu dau *fino* arall, a thra oedd Dylan yn pendroni beth i'w ddweud wrthi, estynnodd Alanza wydryn iddo. Yfodd Dylan ychydig o'r gwydryn newydd a dechrau siarad.

'Y peth yw, nid fy ymchwil i yw hyn. Dwi yma ar ran ffrind i mi. Roedd e'n Athro Hanes yn y brifysgol yng Nghaerdydd lle dwi'n gweithio.'

'*Roedd* e'n Athro?'

'Ie . . .' Dwysaodd wyneb Dylan. 'Mae e wedi marw – fe gafodd ei lofruddio.'

Roedd golwg o anghrediniaeth lwyr ar wyneb Alanza.

'Roedd yn un o haneswyr gorau Cymru, ac yn ffrind da i mi. Roedd Emyr yn help mawr i mi pan ddechreuais i ddarlithio yn y brifysgol. Roedd e ar fin gorffen ei ymchwil, ac yn edrych ymlaen at ei gyhoeddi, ond mi wnaeth pwy bynnag a'i llofruddiodd ddwyn darnau mwya diweddar yr ymchwil o'i gyfrifiadur. Mae'r heddlu'n gwneud eu gorau i ddal y llofrudd, wrth gwrs, ond beth am yr ymchwil? Pwy sy'n mynd i orffen honno? Dwedodd Emyr wrtha i ei fod wedi darganfod gwybodaeth ysgytwol am y Groes Naidd.'

Pwysodd Alanza yn nes ato. Roedd llais Dylan wedi tawelu, ond daliai'r sŵn yn La Isla i godi o'u hamgylch.

'Ddylwn i egluro. Ar un adeg, y Groes Naidd oedd prif drysor Cymru. Roedd pobl yn credu ei bod yn rhan o Wir Groes Iesu Grist, ond cafodd ei dwyn gan frenin Lloegr, Edward I, a'i chadw yn Lloegr am ganrifoedd. Os ydw i wedi deall pethau'n iawn, cymerwyd y groes o gapel St. George yn Windsor gan Gymro o'r enw Thomas Howell, er mwyn ei hachub o ddwylo'r Protestaniaid. Yn Llundain, fe ddois o hyd i dystiolaeth mewn llyfr cyfrifon sy'n awgrymu bod Howell wedi dod â'r groes i Seville. Mae'n rhaid bod Howell yn byw yn agos iawn at y fan hon, rhywle yng nghyffiniau Eglwys María Magdalena. Ro'n i'n meddwl falle y bydde gen i siawns fechan o ffeindio'i fedd, a llai fyth o siawns o ddarganfod beth ddigwyddodd i'r groes – ond ar ôl digwyddiadau'r bore 'ma . . .'

Stopiodd Dylan yn sydyn. Roedd golwg syn arno.

'Ti'n gwybod beth? Pan o'n i yn Llundain ychydig ddyddiau'n ôl, dwedodd archifydd wrtha i nad oedd neb wedi llwyddo i ddod o hyd i fedd Thomas Howell. Wyt ti'n meddwl taw fi yw'r Cymro cyntaf i weld ei fedd ers canrifoedd?'

'Mae hynny'n bosib!'

Roedd Alanza'n amlwg wedi'i chyffroi gan frwdfrydedd Dylan, a gwrandawai'n astud ar bob gair yn ei hawydd am gael gwybod mwy.

'A beth am y geiriau ar y bedd? Wyt ti'n gwybod eu hystyr?'

'Ydw, wel . . . y rhan fwya ohonyn nhw. Edrych.'

Estynnodd Dylan ei lyfr nodiadau o'i boced. Darllenodd y cwpled er mwyn i Alanza ei glywed.

'O wlad i wlad fe ddaeth y groes . . . Ymhellach draw, rhag drwg, rhag loes.'

'Mae dy iaith di'n swnio'n hyfryd.'

Cododd Dylan ei ben o'r llyfr a gweld bod Alanza'n gwenu arno. Gwenodd yntau arni hithau.

'Diolch – er, yng Nghymru, mae rhai o staff yr adran Gymraeg yn dweud 'mod i'n mwrdro'r iaith bob tro dwi'n agor 'y ngheg!'

O'r olwg ar ei hwyneb, gwyddai Dylan nad oedd Alanza wedi deall ei sylw, ond aeth yn ei flaen.

'Dwi bron yn siŵr nawr bod y geiriau "rhag drwg, rhag loes" yn golygu bod Howell wedi dod â'r groes i Sbaen, i'r wlad fwya Catholig yn Ewrop ar y pryd, i'w hamddiffyn hi rhag cael ei dinistrio. Falle bod y geiriau "o wlad i wlad" yn cyfeirio at y groes yn cael ei chludo i wahanol wledydd ar ôl y croeshoeliad. Ond yr unig ran o'r cwpled dwi'n methu ei deall yn iawn yw hon.'

Pwyntiodd Dylan at yr ysgrifen yn ei lyfr a darllen y geiriau 'ymhellach draw'.

'Mae'n anodd i mi egluro, ond mae'n swnio ychydig yn lletchwith, bron fel tasai pwy bynnag gyfansoddodd y cwpled yn benderfynol o ffitio'r geiriau i mewn yn rhywle.'

'Beth am roi cynnig ar y geiriau mewn iaith arall?' awgrymodd Alanza. 'Sut fyddet ti'n dweud yr un geiriau yn Saesneg?'

Meddyliodd Dylan, gan edrych ar Alanza ac ar y llyfr nodiadau bob yn ail. 'Wel, falle rhywbeth fel "further beyond",' meddai o'r diwedd.

Tawodd y sgwrs wrth i'r ddau ohonynt fwyta'r tapas. Teimlai Dylan ryw ryddhad rhyfedd ar ôl rhannu'i brofiadau a'i deimladau gyda Alanza. Rhywsut, teimlai'n gyfforddus iawn yn ei chwmni, a gallai synhwyro ei bod hithau'n mwynhau ei hun.

Yn sydyn, gyda gwaedd a ddychrynodd bawb oedd yn eistedd wrth y bar, sgrechiodd Alanza, '*Plus ultra! Plus ultra!*'

Edrychodd Dylan arni'n syn, ei wyneb yn gyfuniad o sioc a phenbleth. Gwelodd Alanza'r wynebau wrth y bar yn troi i edrych arni, ac aeth ymlaen i siarad mewn llais mymryn tawelach.

'Ddwedaist ti *further beyond*, on'd do fe? Wel, *plus ultra* yw *further beyond* mewn Lladin!'

'Ond sut ma hynny'n helpu ni i ddeall y cwpled?'

'Sori, Dylan, does dim disgwyl i ti wybod hyn, ond

taswn i'n gofyn i unrhyw un wrth y bar yma beth yw arwyddocâd *plus ultra*, bydden nhw i gyd yn dweud yr un peth wrtha i. *Plus ultra* yw arwyddair Sbaen!'

Roedd Dylan wedi'i daro'n gwbl fud. Edrychai ar Alanza, ei lygaid yn cyfleu popeth oedd yn mynd trwy'i feddwl. Ond doedd Alanza ddim wedi gorffen.

'Edrycha y tu ôl i'r bar – weli di faner Sbaen ar y wal? Edrycha ar yr arfbais. Bob ochr iddi mae dwy golofn, on'd oes e? Wel, ar un ohonyn nhw mae'r gair *plus*, ac *ultra* ar y llall. Mae'r colofnau'n cynrychioli'r hen chwedl am bileri Hercules oedd yn sefyll ar derfyn y Byd, lle mae Culfor Gibraltar.'

'Mae hyn yn ddiddorol, ond . . .'

'Ie, ond ar y pileri gwreiddiol roedd y geiriau *non plus ultra*, sef *dim byd ymhellach*. Mewn geiriau eraill, doedd neb ar y pryd yn gwybod beth oedd y tu draw i'r pileri ar ochr arall y môr, ac roedd y geiriau'n rhybuddio pobl i beidio â mentro ymhellach. Ond pan ddaeth Siarl I yn frenin Sbaen, torrodd e'r gair *non* allan o'r hen ymadrodd gan adael *plus ultra*. Ti'n gweld, roedd e'n awyddus i gyfleu i'r Sbaenwyr y dylen nhw fynd i archwilio pellafion y byd.'

'Felly, rwyt ti'n dweud bod *plus ultra* yn arwyddair i Siarl I, cyn dod yn arwyddair i'r wlad gyfan?'

'Ydw, am wn i, pam?'

'Wel, os ydi'r cwpled yn dweud bod y Groes Naidd wedi dod *ymhellach draw*, wyt ti'n meddwl bod yr awdur yn trio dweud bod cysylltiad rhwng y groes a Siarl?'

'Mae hynny'n bosib. Roedd Siarl yn un o'r brenhinoedd mwya crefyddol fu erioed, ac yn Gatholig pybyr. Tasai fe'n gwybod am fodolaeth darn o'r Wir Groes, bydde fe'n awyddus iawn i gael gafael arno.'

Roedd meddwl Dylan yn rasio erbyn hyn, a'r esboniad o'r geiriau anelwig yn y cwpled wedi ei gynhyrfu.

'Tasai Siarl wedi llwyddo i gael gafael ar y groes, ble wyt ti'n meddwl bydde fe'n debygol o'i chadw hi?'

'Does ond un lle y bydde rhywbeth mor bwysig yn cael ei gadw. Yr Escorial.'

'Palas Philip II, ar bwys Madrid?'

'Mae'n fwy na phalas. Mae'n fynachlog ac yn greirfa, a fan'na mae brenhinoedd Sbaen wedi'u claddu.'

'Creirfa, wedest ti?'

'Ie, mae'r lle'n llawn trysorau crefyddol. Roedd Philip yn fwy crefyddol na'i dad Siarl, hyd yn oed. Mae wyth mil o greiriau yno. Os yw'r groes rwyt ti'n chwilio amdani yn Sbaen, mae 'na siawns go dda mai yno y mae hi.'

Bellach, roedd y bwyd ar y platiau bach wedi hen ddiflannu a'r gwydrau'n wag. Cododd Alanza, fel petai hi ar fin gadael. Gwenodd ar Dylan. 'Wel, wyt ti'n dod?' gofynnodd.

'I ble?'

'Ar *tapeo*, wrth gwrs!'

'*Tapeo*?'

'Ie, mae'n rhaid i ni gael tapas mewn mwy nag un bar os y'n ni'n mynd ar *tapeo*!'

Edrychodd Dylan ar ei oriawr. Deng munud wedi

hanner nos. Bu'n ddiwrnod cofiadwy, ond yn ôl pob golwg doedd y cyffro ond megis dechrau.

■

Yn hwyrach y noson honno, roedd Dylan ac Alanza'n eistedd ar soffa esmwyth yn stafell Dylan yng ngwesty La Rabida yn ardal El Arenal. Roedd Alanza wedi mynnu ei bod hi'n mynd yno gyda fe, gan ei bod yn ofni y byddai Dylan yn mynd ar goll wrth iddo geisio ffeindio'i ffordd nôl o berfeddion y ddrysfa o strydoedd yn ardal Santa Cruz.

'Wel, sut wnest ti fwynhau'r *tapeo*?' gofynnodd Alanza.

'Beth yw'r gair Sbaeneg am ffantastig?'

'*Fantástico!*'

'Wel, mae hwnna'n hawdd – roedd yn *fantástico!*'

Chwarddodd Alanza, a phwyso'n nes at Dylan, gan roi ei llaw yn dyner ar ei fraich.

'Oes rhywbeth tebyg i'r *tapeo* gyda chi yng Nghymru?'

'Ddim yn union. Y peth agosa sy gyda ni i'r *tapeo* yw rhywbeth o'r enw *pub crawl.*'

'*Pub crawl*?' ynganodd Alanza y geiriau'n ansicr.

'Ie, does dim bwyd yn cael ei fwyta, ond mae pawb yn yfed tua phymtheg peint o gwrw . . . hynny yw, tua wyth litr.'

'Wyth litr o gwrw!'

'Ie, ac ar ddiwedd y noson, yn lle cerdded adre fel ar y *tapeo*, chi'n debygol o gael lifft gan yr heddlu, neu bydd ambiwlans yn mynd â chi'n syth i'r ysbyty!'

Roedd golwg ddryslyd ar wyneb Alanza. 'Mae'n swnio'n ofnadwy!'

'Cred fi, mae'n waeth nag ofnadwy!'

Chwarddodd y ddau, a chlosiodd Alanza fymryn yn nes at Dylan.

'Dylan, mae wedi bod yn braf siarad â rhywun sy mor frwd dros bethau hanesyddol. A dweud y gwir, dwi ddim yn cofio'r tro dwetha i mi fwynhau cymaint yng nghwmni hanesydd! A . . . dyna pam hoffwn i ddod gyda ti i'r Escorial – os yw hynny'n iawn gyda ti, wrth gwrs.'

Yn sydyn, er gwaetha'r *fino*, teimlai Dylan ei ben yn clirio. Edrychodd ar Alanza a gweld bod y llygaid duon yn edrych i fyw ei lygaid yntau.

'Wrth gwrs bod hynny'n iawn gyda fi. Na, sori . . . mae'n *fantástico!*' Ystyriodd am eiliad. 'Ond beth am dy waith di yn yr Archivo?'

'Mae'n ddydd Sadwrn fory. Dwi ddim yn gweithio ar y penwythnosau fel rheol.'

'Dwn i ddim beth i'w ddweud. Bydde'n grêt cael dy gwmni di ym Madrid. Cofia di, dwi'n mynd i weld eisiau Seville. Dim ond ers dydd Mercher dwi 'di bod yma, ond dwi'n dechrau teimlo'n gartrefol yn barod!'

Symudodd Alanza yn nes ato a gafael yn ei law cyn gorffwys ei phen ar frest Dylan. Aeth gwefr trwy ei gorff wrth iddo deimlo'i gwallt yn cyffwrdd ei groen. Gyda'i llaw chwith, dechreuodd Alanza ddatod botymau ei grys yn araf. Gwthiodd ei chorff yn nes ato nes bod Dylan yn teimlo'i bronnau cynnes yn pwyso'n drwm ar ei fynwes. Yna, trodd Alanza ei hwyneb i edrych i fyny ato. Agorodd ei gwefusau fymryn, rhoi ei llaw y tu ôl i'w ben a'i dynnu ati'n dyner.

'Gad i mi ddangos i ti y peth gorau am Seville . . .' sibrydodd.

Pennod 11

Roedd hi'n brynhawn chwilboeth yn Seville, ac arena La Maestranza yn ferw o bobl. Edrychodd Dylan o gwmpas y cylch eang gan ryfeddu at y miloedd o frodorion y ddinas oedd yn awyddus i dreulio'u prynhawn Sul mewn gornest ymladd teirw. Er gwaethaf ei ansicrwydd, roedd Alanza wedi'i berswadio y byddai'n brofiad bythgofiadwy iddo gael bod mewn *corrida*, ac y byddai'n falch o fod yn rhan o rywbeth oedd mor hanfodol Sbaenaidd ei natur. Ar ôl y noson cynt, doedd Dylan ddim mewn sefyllfa i anghytuno gydag Alanza ynghylch profiadau bythgofiadwy.

'Do'n i ddim yn disgwyl i'r lle fod mor llawn,' gwaeddodd Dylan.

Roedd sŵn byrlymus y dorf yn cynyddu wrth i'w lleisiau gystadlu â miwsig bywiog y gerddorfa oddi tanynt. Roedd y *corrida* ar fin cychwyn.

'Roedden ni'n lwcus i gael sedd yn y cysgod heddiw,' atebodd Alanza. 'Mae'r lle'n orlawn achos bod Fran yn ymladd. Fe yw un o'r matadors gorau yn Sbaen.'

'Fran, wedest ti?'

'Ie. Francisco Rivera Ordóñez.'

'Pam mae e mor boblogaidd?'

'Y ffordd mae e'n ymladd. Mae ganddo steil arbennig.

Ddwy flynedd yn ôl fe gafodd e wobr gan y llywodraeth – y Fedel Celfyddyd Gain.'

'Celfyddyd Gain? Am ymladd teirw?' Methai Dylan gadw'r syndod o'i lais.

'Ie, nid sbort yw'r *corrida* i'r Sbaenwyr – mae'n debycach i ddrama. Bydd y papurau newydd fory yn adrodd hanes yr ornest ar y tudalennau diwylliant, nid yn yr adran chwaraeon.'

Roedd hyn i gyd yn agoriad llygad i Dylan, ac esboniad Alanza yn ei helpu i ddeall pam y bu'n rhaid iddo dalu 95 ewro am sedd yn y Maestranza. Roedd sŵn paso doble'r gerddorfa wedi chwyddo, a'r tempo'n cyflymu. Safai'r matador yng nghanol cylch yr arena, y tlysau amryliw ar ei siwt euraid yn adlewyrchu pelydrau'r haul, ac yn ei law dde gafaelai mewn mantell borffor. Yn sydyn, cododd bloedd o'r gynulleidfa – sŵn oedd yn gymysgedd o barch, rhyfeddod ac ofn. Trodd Dylan i weld beth oedd wedi tynnu sylw'r bobl o'i gwmpas, ac wrth iddo wneud hynny gwelodd olygfa a gipiodd ei anadl yn llwyr. Roedd tarw du anferthol wedi dod mewn i'r arena, a hwnnw'n rhedeg nerth ei draed yn union tuag at y matador yng nghanol y cylch. Ond rhoddodd yr hyn ddigwyddodd nesa fwy o sioc fyth i Dylan, oherwydd wrth i'r anghenfil cydnerth hyrddio'i hun ar draws y tywod, ni symudodd y matador yr un fodfedd.

'Alanza! Beth mae e'n ei wneud? Fe gaiff e 'i ladd!'

Gwenodd Alanza, a heb droi ei phen i edrych arno meddai, 'Jest gwylia beth sy'n digwydd nesa!'

Rhuthrodd y tarw tuag at y matador mewn cwmwl o lwch tywodlyd, ei fryd ar ddifa'r anffodusyn oedd yn ddigon hy i rannu'r un cae ag ef. Ond wrth i'r tarw ddod o fewn ychydig droedfeddi i'r *maestro* llonydd, cymerodd hwnnw gam bach i'r ochr gan godi'i fantell mewn symudiad a edrychai mor ddiymdrech o osgeiddig. Taranodd y bwystfil gwyllt heibio iddo, wedi'i dwyllo'n llwyr gan y symudiad annisgwyl. Ebychodd y dorf mewn canmoliaeth a rhyfeddod. Doedd Dylan erioed wedi gweld unrhyw beth tebyg. Rhyfeddai'n gegagored at ddewrder a chrefft y matador. Gwelodd Alanza ei ymateb.

'Dyna pam maen nhw'n cael eu talu mor dda!'

'Ie, basen inne eisie arian mawr hefyd i sefyll lle mae e nawr . . . faint mae'r dynion 'ma'n ennill?'

'Miloedd ar filoedd o euros ar gyfer pob *corrida*. Maen nhw'n byw bywydau proffil uchel iawn, ti'n gwybod, tebyg i bêl-droedwyr ym Mhrydain . . . rhywun fel David Beckham?'

Nodiodd Dylan i ddangos bod yr enw'n gyfarwydd.

'Roedd ffỳs mawr yn ddiweddar pan ofynnodd José Tomás am bedwar can mil o euros i ymladd yn Madrid.'

Roedd Dylan wedi'i daro'n fud gan eiriau Alanza.

'Ond pan wyt ti'n ystyried ei fod bron wedi cael ei ladd llynedd gan darw yn Mexico, ti'n gallu gweld safbwynt y matador . . . roedd yn rhaid iddo fe gael trallwysiad gwaed – wyth litr ohono fe. Dyna pam mae capel bach yn rhan o bob arena – maen nhw i gyd yn gweddïo cyn ymladd.'

'Ie, tasen i'n sefyll mas fan'na nawr, bydde gweddïo'n uchel iawn ar fy rhestr inne o bethau i wneud hefyd!'

Chwarddodd Alanza, ac wrth iddo edrych arni atgoffwyd Dylan eto o'i phrydferthwch. Roedd hyn i gyd fel breuddwyd, meddyliodd. Dyma lle roedd e, mewn gornest ymladd teirw yn Seville yng nghwmni merch leol oedd nid yn unig yn anhygoel o bert, ond a oedd hefyd yn ddeallus ac yn dangos diddordeb mawr yn ei waith ymchwil yn Sbaen. Yn sicr, roedd hyn tipyn gwell na'i batrwm arferol ar brynhawn Sul o chwarae pêl-droed pump-bob-ochr gyda'r bois yn y Star Centre yn Splott!

Roedd y dorf yn amlwg yn cael ei phlesio gan berfformiad y matador, a'r tarw wedi derbyn sawl pigiad i'w gefn a'i ysgwyddau gan y *picadores* – y dynion ar geffylau oedd yn gwthio picellau i gnawd yr anifail er mwyn ceisio gwanhau'r cyhyrau yn ei wddf. Â'r tarw wedi'i glwyfo fel hyn, ceisiai tri gŵr arall osod gwaywffyn bach, â phlu lliwgar ynghlwm wrthynt, yng nghefn yr anifail. Roedd dau o'r gwŷr wedi llwyddo, ond bu'r trydydd yn aflwyddiannus; bu bron i hwn gael ei anafu'n angheuol wrth i'r tarw ei hyrddio ar lawr a cheisio ymosod arno â'i gyrn brawychus. Bu'n rhaid i'w gyd-boenydwyr dynnu sylw'r tarw gyda'i mentyll, neu fe fyddai'r anifail wedi llwyddo i godi'r dyn ar un o'i gyrn, fel sosej ar ffon mewn parti plant.

Ond nawr, safai'r tarw'n llonydd yng nghanol yr arena. Diferai'r chwys o'i groen du wrth i'w gorff cyhyrog godi a disgyn gyda phob anadl drom. Llifai'r gwaed yn nentydd bach o'r clwyfau yn ei wddf a'i ysgwyddau, gan greu pyllau coch yn y tywod melyn wrth ei draed. Roedd y gwaywffyn bach lliwgar yn hongian o'i war, fel rhyw fath o jôc macâbr ar draul y tarw. Ond doedd neb yn chwerthin. Roedd y matador hefyd wedi ymlonyddu, gyda dau brif gymeriad y ddrama'n sefyll ychydig droedfeddi oddi wrth ei gilydd, y naill yn llygadu'r llall. Roedd golygfa derfynol y ddrama ar fin cael ei pherfformio. Bu'n frwydr dda, ond bellach synhwyrai'r *maestro* fod y *coup de grace* o fewn ei afael. Yna, sylwodd Dylan ar rywbeth hynod. Edrychai'r dyn a'r anifail ar ei gilydd mewn ffordd hynod debyg. Edrychiad o barch oedd e, y naill yn ymwybodol o gryfder a medr y llall. Gwyddai'r matador y gallai'r anifail ei ladd ar amrantiad, hyd yn oed nawr, petai'n peidio â chanolbwyntio am un eiliad fer. Roedd y dorf wedi gostegu; doedd Dylan erioed wedi synhwyro'r fath awyrgylch o'r blaen.

'Dyma'r foment dyngedfennol,' sibrydodd Alanza yn ei glust. 'Os gwneith e hyn yn iawn, falle caiff e wobr gan y Llywydd.'

'Beth sy'n digwydd?' atebodd Dylan.

'Mae'n rhaid iddo ladd y tarw mewn un symudiad, neu fydd e ddim yn cael yr un parch gan y dorf.'

Bellach, roedd gan y matador gleddyf hir yn ei law dde. Fodfedd ar y tro, ac ar flaenau'i draed, nesaodd at y tarw. Cododd ei ddwy fraich yn uchel i'r awyr, gan bwyntio blaen y cleddyf i lawr tuag at yr anifail. Edrychai fel aderyn ysglyfaethus oedd ar fin plymio drwy'r awyr i ymosod ar ei brae. Yna, o fewn trawiad llygad, hyrddiodd y cleddyf rhwng ysgwyddau'r tarw nes i'r llafn ddiflannu yn ei grynswth i grombil yr anifail. Teimlodd Dylan ei hun yn dal ei anadl. Roedd y tarw'n dal i sefyll yno, ei dafod llipa'n hongian o'i geg, ei lygaid yn rowlio yn ei ben a'r cleddyf wedi'i gladdu'n ddwfn yn ei gorff. Roedd y tawelwch yn fyddarol. Trodd Dylan at Alanza gyda golwg o anghrediniaeth lwyr ar ei wyneb; sut yn y byd oedd y tarw'n dal i sefyll? Rhoddodd Alanza ei llaw ar ei fraich i'w sicrhau ei bod hi wedi deall ei feddyliau, ond o fewn eiliadau atebwyd cwestiwn Dylan wrth i'r tarw syrthio'n gelain ar lawr. Yn sydyn, torrodd rhaeadr o sŵn o'u hamgylch a chododd y dorf fel un i gymeradwyo ac i weiddi'u hedmygedd o'r matador. Closiodd Alanza at Dylan a gweiddi dros y sŵn byddarol; roedd hi am fynd at un o'r stondinau tu allan i brynu rhywbeth i'w fwyta tra bod yr arena'n cael ei pharatoi ar gyfer yr ornest nesaf.

Arhosodd Dylan yn ei sedd, wedi ei syfrdanu'n llwyr gan yr hyn roedd newydd ei weld. Roedd Alanza'n iawn – bu'n brofiad bythgofiadwy, ysgytwol hyd yn oed. Ond wrth iddo wylio'r tarw'n cael ei lusgo o'r arena â rhaff a dynnid gan ddau geffyl, roedd ei deimladau a'i feddyliau'n ddryslyd. Ar y naill law, roedd yn edmygu dewrder y matador gan fod bywyd hwnnw mewn perygl bob tro y cerddai i mewn i'r arena, ond ar y llaw arall roedd yr holl sioe o ladd anifail direswm yn gwneud iddo deimlo'n hynod o anghysurus. Roedd yr olwg ar wyneb y tarw wedi cael effaith ryfedd arno, ac am ryw reswm ni allai gael gwared o'r ddelwedd o lygaid chwyddedig y tarw yn rowlio yn ei ben cyn iddo syrthio'n glewt ar y llawr. Dywedodd Alanza bod chwech o deirw'n cael eu lladd ym mhob gornest, ond doedd Dylan ddim yn siŵr a allai stumogi gwylio pum tarw arall yn mynd drwy'r un profiad. Torrwyd ar ei feddyliau gan sain trwmpedau'r gerddorfa'n cyhoeddi bod gornest arall ar fin cychwyn, ond doedd Alanza ddim wedi dod yn ei hôl. Cododd Dylan ar ei draed gan edrych ar hyd y rhesi o bobl i geisio gweld lle roedd hi. Na, doedd dim golwg ohoni. Roedd munudau lawer wedi mynd heibio ers iddi ei adael – efallai ei bod hi'n cael trafferth dod o hyd i'r rhes gywir. Beth bynnag, teimlai Dylan awydd i ymestyn ei goesau a chael dianc am ennyd rhag yr arogl llethol oedd yn llenwi'r arena. Aeth ar hyd y rhes ac i lawr y grisiau at yr allanfa agosaf. Cerddodd ar hyd yr arcêd dan-do oedd yn dilyn siâp crwn yr arena, ac at y stondinau oedd yn gwerthu diodydd a bwydydd. Trwy gydol yr amser, edrychai i bob cyfeiriad wrth chwilio am Alanza.

Aeth yn ei flaen ymhellach ar hyd yr arcêd ac yna gwelodd Alanza ymysg y dwsinau o bobl oedd wrthi'n brysur yn paratoi i fynd yn ôl i mewn i'r arena ar ôl manteisio ar yr egwyl fer rhwng gornestau. Wrth iddo agosáu, gwelodd fod rhywun arall yn siarad â hi. Yn amlwg, dyma pam ei bod hi'n hwyr – roedd hi wedi cwrdd â rhywun roedd hi'n ei adnabod ac yn cael sgwrs. Ond wrth fynd yn nes, daeth yn amlwg i Dylan nad oedd Alanza'n cael llawer o hwyl. Edrychodd eto – na, roedd rhywbeth ynghylch yr olygfa a wnâi iddo deimlo'n anghyfforddus. Safai Alanza a'i chefn yn dynn yn erbyn wal yr arcêd, ac roedd y dyn oedd yn siarad â hi wedi rhoi'i freichiau bob ochr iddi ar y wal y tu ôl i'w phen, fel petai'n ei hatal rhag symud wrth iddo siarad â hi. Roedd rhywbeth o'i le, meddyliodd Dylan. Penderfynodd fynd draw i geisio gweld beth oedd y broblem ac i gynnig ei help i Alanza. Ond pan ddaeth o fewn ychydig droedfeddi iddynt, sylweddolodd fod Alanza wedi ei weld, ac yn ddisymwth diflannodd y dyn. Synnwyd Dylan gan frys y dieithryn i adael, ac achubodd ar ei gyfle i ofyn i Alanza am esboniad.

'Wyt ti'n iawn? Do'n i ddim yn meddwl dy fod ti'n edrych yn rhy hapus yn siarad gyda'r dyn 'na.'

'O, dyw e'n ddim byd . . . diolch i ti. Hen gariad, ti'n gwybod . . . mae e'n dal i ffeindio pethau'n anodd. Ti'n gwybod fel mae hi. Pan welodd e fi yn yr arena gyda rhywun arall, wel . . . Hei, dere, ry'n ni'n hwyr yn barod – ewn ni nôl. Edrych, dwi 'di prynu cnau a sudd lemwn oer i ni.'

Teimlai Dylan ychydig yn hapusach o glywed yr esboniad. Wedi'r cyfan, meddyliodd, hawdd y gallai ddychmygu y byddai unrhyw ddyn yn difaru bod ei berthynas gydag Alanza wedi dod i ben. Aeth y ddau'n ôl ar hyd yr arcêd, a oedd bellach yn wag gan fod pawb wedi dychwelyd i'r arena, a dringodd y ddau i fyny'r grisiau at eu seddau.

Roedd patrwm pob gornest yn debyg iawn i'w gilydd, ond gan fod tri matador yn ymladd yn y *corrida* roedd dawn a chymeriad pob *maestro* yn amrywio, a natur y gwahanol deirw hefyd yn effeithio ar naws yr ymladd. Erbyn y bedwaredd ornest, teimlai Dylan ei fod wedi gweld digon o ladd am un diwrnod. Pob tro y byddai'r tarw'n derbyn yr ergyd farwol, byddai'r olwg ar wyneb yr anifail druan yn gwneud iddo wingo, ond ar yr un pryd ni fedrai dynnu ei lygaid oddi ar yr wyneb brawychus. Bellach, roedd y bedwaredd ornest yn tynnu at ei therfyn, ond sylwodd Dylan y tro hwn nad oedd y patrwm arferol o ladd y tarw gydag un trawiad wedi llwyddo. Oherwydd i'r tarw symud tuag at y matador ar yr union eiliad pan yr oedd hwnnw'n ceisio hyrddio'r cleddyf i'w gorff, doedd yr arf ddim wedi taro'r nod a bu'n rhaid i'r *maestro* osgoi ymosodiad ffyrnig gan yr anifail. Dim ond rhan flaen y cleddyf a blannwyd yng nghefn y tarw, a nawr, wrth weld carn a llafn hir y cleddyf yn chwifio'n ôl ac ymlaen uwchben yr anifail, dangosai'r gynulleidfa ei hanfodlonrwydd. Eglurodd Alanza ei bod yn gywilydd i'r matador nad oedd wedi trywanu'r tarw trwy'i galon ag un ergyd, ac roedd hi'n amlwg hefyd o ymateb y *maestro* nad oedd yntau'n fodlon gyda'i berfformiad. Er bod yr anifail yn dal i sefyll, gwelai Dylan nad oedd ganddo fawr o ysbryd ar ôl ar gyfer y frwydr ac mai dim ond mater o amser oedd hi cyn y byddai'n rhaid iddo ildio i'w dranc anochel.

'Beth wnaiff y matador nawr?' holodd.

'Bydd raid iddo fe dorri asgwrn cefn y tarw, ond mae e wedi gwneud smonach o bethau . . . a nawr does dim llawer o amser ar ôl gyda fe. Mae ei bymtheg munud e bron ar ben. Ar ôl hynny gall y Llywydd orchymyn i'r tarw gael ei dynnu o'r arena. Byddai hynny'n gywilydd mawr.'

Ond wrth i Alanza esbonio, gwelodd Dylan y matador yn mynd y tu ôl i'r tarw ac yn derbyn cyllell gan un o'i dîm. Plymiodd y gyllell i war yr anifail a chwistrellodd y gwaed yn ffrydiau i bob cyfeiriad. Ar unwaith, plygodd coesau'r tarw o dan bwysau ei gorff a gollyngodd ei anadl olaf wrth i'w ben daro'r tywod. Sylwodd Dylan eto ar y llygaid, a gweld bywyd y tarw yn diffodd y tu ôl iddynt. Yna, wrth iddo edrych ar y llygaid truenus, daeth yr hunllef yn ôl i'w boenydio – yr un hunllef ag oedd wedi'i gadw'n effro yn ystod y nosweithiau diwethaf. Deallai nawr pam bod wyneb y tarw wedi ei gynhyrfu gymaint. Ni allai dynnu ei olwg oddi ar y llygaid chwyddedig. Roedd yr atgof yn ormod iddo. Gwyrodd ei ben gan roi ei ddwylo dros ei wyneb.

Dychrynodd Alanza wrth weld ei ymateb, a cheisiodd ei gysuro drwy roi ei braich amdano. Ond doedd dim modd ei gysuro. Anelodd Dylan am yr allanfa agosaf, gydag Alanza wrth ei ochr yn ceisio deall beth oedd wedi tarfu arno i'r fath raddau. Wrth iddynt brysuro allan o'r arena roedd Dylan mewn dagrau, a chlywodd Alanza yr un geiriau'n cael eu hailadrodd drosodd a throsodd:

'Y llygaid . . . y llygaid . . . Emyr druan . . . y blydi llygaid!'

EISTEDDAI DYLAN ac Alanza gyferbyn â'i gilydd ar y trên. Sylwodd Alanza fod Dylan yn edrych arni, â gwên ddireidus ar ei wyneb.

'Beth sydd?' holodd.

Roedd Dylan wedi bod yn darllen ei lyfr taith a rhoddodd ei fys ar ddarn arbennig oedd wedi dal ei sylw.

'Gwranda ar hyn . . . *The Romans who came to Spain considered the girls of Andalucía to be the hottest in the empire*.'

Chwarddodd y ddau, a gwyddai Dylan na allai anghytuno â barn y Rhufeiniaid am ferched Andalucía ar ôl profiadau'r nosweithiau diwethaf. Setlodd y ddau 'nôl yn eu seddau a chaeodd Alanza ei llygaid. Prin y gallai Dylan gredu'r holl bethau oedd wedi digwydd iddo mewn cyn lleied o amser. Nid yn unig roedd wedi darganfod mwy am Thomas Howell a'r Groes Naidd nag y meiddiai freuddwydio amdano, ond hefyd, oni bai am ei gyfeillgarwch ag Alanza, efallai na fyddai byth wedi cael eglurhad o'r geiriau anelwig ar y garreg fedd.

Ar awgrym Alanza, roedd y ddau ohonynt wedi dal yr AVE – y trên chwim sy'n cysylltu dinasoedd mwyaf Sbaen. Doedd Dylan ddim wedi sylweddoli pa mor gyflym roedd y trên yn teithio nes iddo sbecian drwy'r ffenest a gweld cyrion dinas enfawr Madrid yn hedfan heibio. Edrychodd ar ei oriawr. Dim ond dwy awr a chwarter oedd wedi mynd heibio ers iddynt adael Seville, er bod pellter o bron i dri chant a hanner o filltiroedd rhwng y ddwy ddinas. Erbyn hyn roedd y trên yn agosáu at Atocha, prif orsaf drenau Madrid, yn ne'r ddinas. Pan edrychodd Dylan trwy'r ffenest a gweld enw'r orsaf, daeth atgofion yn ôl iddo am y digwyddiad echrydus yn 2004 pryd y lladdwyd bron ddau gant o bobl mewn ymosodiad terfysgol yn yr orsaf hon. Edrychodd ar y bobl oedd yn eistedd o'i gwmpas, ac aeth ias drwyddo wrth feddwl y gallai pobl ddiniwed fel y rhain gael eu difa ar amrantiad mewn digwyddiad mor ddiamcan.

Yn ystod y siwrnai roedd Alanza wedi dweud wrtho bod yr *Escorial* tua deng milltir ar hugain i'r gogledd-orllewin o Fadrid, a bod gwasanaeth trenau a bysys effeithiol yn cysylltu'r ddau le. Awgrymodd Alanza y gallent deithio ar y bws, oherwydd ceid golygfa arbennig o'r palas ar y ffordd oedd yn arwain at bentref San Lorenzo del Escorial ar odre mynyddoedd y Sierra de Guadarrama. Eglurodd Alanza fod y pentref wedi cael ei enwi ar ôl Sant Lawrens, ac adroddodd yr hanes am sut y bu i'r sant hwnnw gael ei boenydio am fod yn Gristion yng nghyfnod y Rhufeiniaid; gosodwyd ei gorff i orwedd ar radell grasboeth, ond cymaint oedd ei ffydd yn Nuw, fe ofynnodd Lawrens i'r sawl oedd yn ei boenydio droi ei gorff drosodd, gan fod un ochr wedi rhostio'n iawn.

Sylwodd Dylan fod Alanza'n gyfarwydd iawn â'r orsaf wrth iddi arwain y ffordd tuag at y platfform ar gyfer y metro i'r orsaf fysiau. Ond cyn iddynt adael Atocha, stopiodd Alanza ar falconi uchaf yr orsaf a thynnu sylw Dylan at yr olygfa yn y cyntedd oddi tanynt. Yno, yn llenwi'r gwagle anferth, roedd gardd drofannol odidog wedi'i phlannu yng nghanol llawr y cyntedd, gyda phyllau'n llawn lilïau'r dŵr yn amgylchynu'r holl le. Ymestynnai coed palmwydd tal hyd at nenfwd gwydr y cyntedd, ac yma a thraw roedd sblash o flodau oren a phorffor yn addurno'r dail enfawr. Roedd yn olygfa hynod drawiadol, ac yn ddigon i daro Dylan yn fud. Wrth iddo syllu mewn rhyfeddod, canodd ffôn symudol Alanza ac aeth hithau i gornel dawel i dderbyn yr alwad. Pan ddychwelodd at Dylan roedd ganddi newyddion drwg.

'Neges o'r Escorial. Mae gwaith atgyweirio'n mynd ymlaen yno. Bydd raid i ni aros tan fory, mae arna i ofn.'

'Sut oedden nhw'n gwybod ein bod ni ar y ffordd?'

'Ffoniais i ddoe er mwyn trefnu cyfarfod gyda'r pennaeth. Fe oedd ar y ffôn.'

'Wel, beth wnawn ni nawr?'

Gwelodd Dylan yr olwg chwareus gyfarwydd yn llygaid duon Alanza.

'R'yn ni'n siŵr o ffeindio rhywbeth i'w wneud . . .'

'Wel, dwi'n ymwelydd ym Madrid, a dim ond un pnawn sydd gen i i weld beth all prifddinas Sbaen ei gynnig. Ti yw'r arbenigwr – ble fyddet ti'n mynd â fi?'

'Wel, gallen ni fynd yn syth i'r gwesty . . .'

'Beth?'

Lledodd gwên Alanza. 'Ie, y lle perffaith i gael amser da! Ac yna, yn nes ymlaen, fe awn ni draw i'r *Prado*.'

Deallodd Dylan yr awgrym a gwenodd yn ôl arni. Gafaelodd yn ei llaw. 'Diwrnod i'r brenin, felly!' meddai'n fodlon.

■

Wrth edrych ar y bobl oedd yn tyrru o gwmpas cyntedd y Prado, roedd yn amlwg i Dylan bod yr oriel yn denu ymwelwyr o bob cwr o'r byd. Roedd pawb ar yr un perwyl ac roeddent wedi tynnu yma i gael cipolwg ar rai o weithiau celf gorau'r blaned. Edrychodd Dylan ar y llyfr bach roedd newydd ei brynu wrth y dderbynfa. Roedd cynllun yr adeilad yn dangos lleoliad ystafelloedd niferus yr oriel ac yn disgrifio'r lluniau o'r cyfnodau gwahanol oedd yn cael eu harddangos ynddynt. Synnwyd Dylan gan faint y lle. Edrychodd ar Alanza, a chyn iddo ddweud gair, synhwyrodd hithau'r cwestiwn roedd ar fin ei ofyn.

'Paid â phoeni, dwi'n gwybod ble i fynd! Dwi wastad yn meddwl, os ydy amser yn brin, ei bod yn well canolbwyntio ar un neu ddau o luniau mewn lle fel hyn, neu mae'r holl brofiad yn ormod i'r ymennydd. Dere, ewn ni draw i stafelloedd y Baróc. Dwi eisiau dangos un o'm hoff luniau i ti.'

Cerddodd y ddau ar hyd y cyntedd, gan dorri llwybr

trwy ganol y dorf. Wrth i Alanza arwain y ffordd trwy'r gwahanol orielau, sylwodd Dylan ar rai o weithiau'r arlunwyr mawr – Goya, Murillo, Bosch, El Greco. Câi anhawster i beidio ag aros i edrych yn fwy manwl ar rai o'r lluniau, yn arbennig y rhai y daethai ar eu traws o'r blaen mewn llyfrau ar hanes Ewrop. Cafodd wefr arbennig wrth oedi am rai eiliadau o flaen llun cyfarwydd o'r brenin Siarl I ar gefn ceffyl, ond roedd Alanza'n benderfynol o fynd yn ei blaen ac yn ei gymell i'w dilyn i'r stafell nesaf.

Ymhen ychydig funudau, safai'r ddau yn oriel eang rhif deuddeg. Roedd nifer o luniau enfawr ar y waliau, ond sylwodd Dylan yn syth fod un llun arbennig yn hoelio sylw pob ymwelydd. Roedd y llun hwn fel petai'n tynnu'r gwyliwr yn nes ato, mewn ffordd na ellid ei egluro'n hawdd.

'Dwi'n meddwl dy fod ti'n gwybod yn barod pa lun dwi eisie'i ddangos i ti!'

Aeth Dylan yn nes. Câi ei ddenu at y llun gan yr un swyn ag oedd yn apelio at yr ymwelwyr eraill. Roedd fel petai rhywbeth yn y llun yn ei wahodd i mewn i fod yn rhan ohono. Nid oedd erioed wedi profi'r fath deimlad o'r blaen.

'*Las Meninas*, gan Velasquez. Beth weli di?' gofynnodd Alanza.

Edrychodd Dylan ar y cymeriadau yn y darlun a chyfri naw o bobl. Oherwydd ehangder y cynfas, roedd y bobl yn ymddangos yr un maint â phobl go iawn. Syllai chwech o'r cymeriadau i gyfeiriad y gwyliwr, fel petaent yn edrych yn ôl ar y rhai oedd yn eu gwylio hwythau. Yn y llun, ar y chwith, roedd arlunydd â brws paent yn ei law yn sefyll o flaen cynfas oedd bron cymaint â'r llun ei hun. Wrth ei ochr, safai grŵp o gymeriadau oedd i bob golwg yn perthyn i deulu un o frenhinoedd Sbaen. Yn eu canol safai merch fach brydferth oedd wedi'i gwisgo yn ei dillad gorau, fel blodyn ym mis Mai. Goleuwyd wyneb a chorff y ferch benfelen gan y golau a lifai drwy ffenest fawr ar ochr dde'r darlun. Bob ochr i'r ferch fach roedd merched hŷn oedd fel petaent yn gofalu amdani – un yn penlinio ac yn cynnig cwpaned o ddŵr iddi, a'r llall yn edrych fel petai ar fin moesymgrymu. Ar ochr dde'r darlun, safai bachgen bach a'i droed chwith yn pwyso ar gefn ci mawr oedd yn gorwedd wrth ei draed. Yn ei ymyl ef safai merch arall, ei hwyneb a'i chorffolaeth yn dangos yn glir mai corrach oedd hi.

'Pwy yw'r ferch fach yn y canol?' gofynnodd Dylan.

'Hi yw'r Infanta María Margarita – y dywysoges, merch Philip IV. Mae hi mor hyfryd, on'd yw hi? Roedd hi'n bum mlwydd oed bryd hynny, ond bob tro dwi'n edrych arni mae gen i deimladau cymysg, melys a chwerw. Doedd y beth fach ddim i wybod y byddai'n marw'n ddwy ar bymtheg oed.'

'A'r corrach? On'd oedd hi'n anghyffredin i bortreadu rhywun fel 'na mewn llun o'r teulu brenhinol?'

'Ti'n iawn, ond mae'r holl lun yn anghyffredin. Dwi'n teimlo 'mod i wedi cerdded i mewn i'r un stafell â nhw, a'u dal nhw mewn eiliad breifat.'

'Pwy yw'r arlunydd o flaen y cynfas?'

'Velasquez ei hunan yw hwnna, felly mae'r llun yn hunanbortread hefyd. Ond beth wyt ti'n feddwl mae Velasquez yn ei beintio ar y cynfas yna? Mae rhai'n dweud ei fod e'n gweithio ar bortread o'r dywysoges, a bod y llun yn dangos yr eiliad y trodd hi i weld pwy oedd newydd ddod mewn i'r stafell. Os felly, mae Velasquez wedi peintio llun ohono fe'i hun yn peintio llun o rywun arall! Ond mae eraill yn dweud taw darlunio'r brenin a'r frenhines mae e, a bod y dywysoges a'i *meninas* yn eu gwylio wrth i Velasquez weithio ar ei bortread.'

'Sut mae pobl mor sicr taw peintio'r brenin a'r frenhines mae e?'

'Edrycha ar y wal gefn – ti'n gweld y drych?'

Doedd Dylan ddim wedi sylwi ar y drych bach yng nghefn y darlun. Gwelodd fod adlewyrchiad o ddau berson ynddo, sef y brenin Philip IV a'i frenhines. Roedd y drych yn egluro'r cyfan; safai rhieni'r dywysoges o'i blaen hi tra bod Velasquez yn eu peintio ar y cynfas. Yna, edrychodd eto ar y drych. Gwelodd Alanza ei feddwl yn gweithio; roedd hi'n aros i weld ei ymateb. Roedd rhywbeth ynghylch y drych nad oedd yn taro deuddeg. Doedd y drych ddim yn adlewyrchu popeth yn y stafell – fe ddylai ddangos rhagor o'r cymeriadau eraill yn y darlun, ond roedd rhai ar goll. Gwelodd Alanza y sylweddoliad yn llygaid Dylan.

'Enigma go iawn, ontefe? Dwi ddim yn siŵr ydi'r brenin a'r frenhines yn sefyll o flaen y cymeriadau yn y darlun, achos dyw'r drych ddim yn gweithio'n iawn. Bob tro dwi'n edrych ar y llun yma dwi byth yn siŵr pwy sy'n edrych ar bwy. O ystyried y peth, os taw peintio'r brenin a'r frenhines mae Velasquez, ry'n ni'n sefyll nawr yn yr union le y bydden nhw wedi sefyll. Dwi'n teimlo 'mod i'n cael bod yn rhan o'r teulu brenhinol am ennyd fach!'

Roedd Dylan wedi'i gyfareddu'n llwyr gan y llun. Roedd cymaint mwy i'w weld ynddo nag y tybiai ar yr olwg gyntaf. Ni allai dynnu'i lygaid oddi ar y campwaith o'i flaen, a gallai'n hawdd ddychmygu nawr ei fod ef ei hun yn rhan o lys brenin Sbaen bedair canrif yn ôl. Roedd bron yn siŵr mai bwriad yr artist oedd ceisio gwneud i'r person cyffredin deimlo'n bwysig, ac wrth iddo edrych ar wynebau'r bobl oedd yn llygadrythu ar y llun, gwelai'n glir yr effaith roedd y darlun yn ei gael. Teimlai'n sicr fod rhai ohonynt, fel yntau, yn dychmygu bod Velasquez yn peintio portread ohonyn nhw wrth i'r artist graffu arnynt o'r tu ôl i'r cynfas.

Yn sydyn, wrth i Dylan sganio'r wynebau o'i gwmpas yng nghanol y dorf oedd yn gwau trwy'i gilydd o flaen y llun, cafodd gip cyflym ar wyneb nad oedd yn edrych i'r un cyfeiriad â phawb arall. Roedd rhywbeth cyfarwydd yn ei gylch. Ceisiodd Dylan gael gwell golwg arno, ond roedd pawb yn symud gormod iddo fedru gweld yn iawn. Ceisiodd dynnu sylw Alanza, ond roedd hi newydd ollwng ei bag ar lawr ac yn plygu i'w godi. Yna daeth rhagor o ymwelwyr i sefyll o flaen *Las Meninas*, a diflannodd yr wyneb. Ceisiodd Dylan gofio ymhle y gwelsai'r person o'r blaen – yn ystod ei arhosiad yn Sbaen, roedd yn sicr o hynny – ond cyn iddo allu meddwl ymhellach tynnodd Alanza ar ei fraich a'i arwain oddi yno.

Bu'r profiad o weld *Las Meninas* yn un dyrchafol dros ben, ond wrth i Dylan gydgerdded gydag Alanza ar hyd yr oriel i'r stafell nesaf, ni allai anghofio geiriau Alanza wrth iddi sôn am y llun . . . *dwi byth yn siŵr pwy sy'n edrych ar bwy.*

DRINGAI'R FFORDD yn uwch ac yn uwch wrth agosáu at bentref San Lorenzo del Escorial. Yn sydyn, trwy ffenest flaen y bws, gwelodd Dylan adeilad anferth yn cysgodi yng ngodre'r mynyddoedd yn y pellter – yr Escorial. Gorweddai pentref San Lorenzo fel rhyw fath o dyfiant naturiol oedd wedi datblygu o gwmpas y palas. Roedd cynllun yr adeilad i'w weld yn hollol glir – sgwâr anferth gyda thŵr ym mhob cornel, ac yn y canol, tri tho crwn yn codi uwchben y cyfan, y to mwyaf yn y canol a dau do llai bob ochr iddo. Roedd y siâp sgwâr yn cynrychioli'r radell honno y bu Sant Lawrens yn dioddef arni. Roedd y waliau anferth, tal, a'r ffenestri bach yn creu delwedd o urddas yn hytrach na phrydferthwch. Stopiodd y bws yng nghanol y pentref a dechreuodd Dylan ac Alanza gerdded i gyfeiriad y palas.

O fewn byr amser, daeth waliau allanol yr adeilad i'r golwg a cherddodd y ddau ar draws buarth eang tuag at brif fynedfa'r ymwelwyr. Roedd mynyddoedd y Guadarrama yn y cefndir yn ychwanegu at yr ymdeimlad o fawredd oedd yn perthyn i'r lle. Wrth iddynt gamu trwy'r fynedfa roedd Dylan yn ymwybodol o'i deimladau cymysg. Os oedd y trywydd wedi ei arwain i'r lle cywir, mae'n debyg mai o fewn y muriau hyn, yn rhywle, y gorweddai'r Groes Naidd, prif drysor y Cymry yn y Canol Oesoedd. Byddai gallu cwblhau ymchwil Emyr a datgan i'r byd ei fod wedi llwyddo i ddarganfod un o greiriau pwysicaf Cymru yn dipyn o orchest. Ond ar yr un pryd, ar ôl y profiadau a gawsai Dylan dros yr wythnosau diwethaf, roedd y syniad o gyrraedd pen y daith yn codi teimladau chwithig ynddo, wrth iddo rag-weld y byddai ei antur bersonol yn dod i ben.

Cerddodd y ddau heibio'r siop ar y chwith a gosod eu bagiau ar y cludwr oedd yn mynd ag eiddo personol yr ymwelwyr trwy'r peiriant sganio. Talodd y ddau wyth ewro yr un, ac aeth Dylan draw at ddesg arall lle roedd merch ifanc yn darparu teclyn i wrando ar sylwebaeth. Edrychodd Alanza arno gyda golwg hurt ar ei hwyneb.

'Dylan, beth wyt ti'n wneud? 'Sdim angen un o'r rheina – fi yw dy dywysydd personol di!'

Teimlai Dylan yn ddwl bost am wneud y fath beth. Sut y gallai anghofio cymwysterau Alanza, oedd yn arbenigwr ar hanes Sbaen? Mae'n rhaid ei bod hi wedi ymweld â'r Escorial sawl gwaith eisoes. Ceisiodd Dylan wneud jôc o'r peth.

'Wel, faint wyt ti'n godi? Dim ond tri ewro yw'r *audioguide*!'

'Hei, llai o'r *cheek* 'na!' atebodd Alanza gan wenu. 'Gei di dalu 'nôl i fi heno trwy brynu pryd o fwyd i fi.'

'Bargen, felly!'

Oherwydd fod Dylan ar dân eisiau gwybod a oedd y Groes Naidd yno ai peidio, roedd Alanza wedi trefnu ymlaen llaw i gael cyfarfod arbennig gyda rheolwr yr adeilad, gŵr o'r enw Anibal Gonzalez. Roedd Alanza ac yntau'n nabod ei gilydd yn dda yn rhinwedd eu swyddi, ac yn ôl Alanza, gan fod Anibal yn arbenigwr ar drysorau crefyddol yr Escorial, roedd ganddo wybodaeth gynhwysfawr o'r miloedd o greiriau a gedwid yno. Cerddodd Dylan ar ôl Alanza heibio arwydd oedd yn gwahardd pawb heblaw staff y palas i fynd y ffordd honno. Daethant at ddrws cadarn yr olwg a churodd Alanza arno.

'*Pase, pase!*' gwaeddodd llais o'r tu ôl i'r drws.

Tynnodd Alanza ar y ddolen a cherddodd y ddau i mewn. Eisteddai dyn yn ei bum degau wrth ddesg fawr bren yng nghanol y stafell. Roedd ei wallt du'n dechrau britho, a'i sbectol wedi'i gwthio i fyny ar ei dalcen uwchben ei aeliau du, trwchus. Pan gerddodd Alanza i mewn, cododd o'i gadair ar unwaith a thorrodd gwên dros ei wyneb. Cerddodd draw atynt a chusanu Alanza ar ei dwy foch.

'*Hombre! Como estás?*'

'*Muy bien, muy bien*, Anibal!'

'Dwi ddim wedi dy weld di ers tro byd!'

'Ti'n dweud y gwir! Dyma fy ffrind i, Dylan.'

Gafaelodd Anibal yn llaw Dylan a'i gyfarch yn groesawus, '*Encantado!*'

'Dylan yw'r darlithydd o Gymru y soniais i amdano. Mae diddordeb mawr gyda fe mewn crair arbennig, darn o'r Wir Groes. Oes modd iddo gael ei weld e?'

Lledodd gwên Anibal, a syllodd i fyw llygaid Dylan. 'Dewch gyda fi!' meddai.

Roedd cyfres o ddrysau a llwybrau cul yn cysylltu swyddfa Anibal â rhai o'r stafelloedd mwyaf cyfrin yn yr holl adeilad. Agorodd Anibal bob drws yn ei dro gydag allwedd wahanol, gan wneud yn siŵr ei fod yn cau pob un yn ddiogel y tu ôl iddynt. Ar ôl gwneud yr un peth bedair gwaith, arhosodd Anibal, ac edrychodd y tri ohonynt ar gynnwys y stafell ddiweddaraf, oedd yn llawn rhesi o fframiau metel yn ymestyn o'r llawr i'r to. Rhwng y fframiau roedd silffoedd yn dal cannoedd ar gannoedd o flychau bach. Sylwodd Dylan fod y tymheredd yn y stafell hon yn is nag mewn rhai o'r stafelloedd eraill; rhaid bod yr awyrgylch yn cael ei reoli er mwyn diogelu cynnwys y blychau, meddyliodd Dylan. Ymlwybrodd Anibal yn ôl ac ymlaen rhwng y fframiau uchel, gyda Dylan ac Alanza yn ei ddilyn yn glòs. Mwmialai Anibal o dan ei wynt wrth edrych yn fanwl ar label ambell flwch, cyn symud ymlaen at un arall. Wrth wylio Anibal, aeth syniad anesmwyth trwy feddwl Dylan. Oedd hi'n bosib fod y crair a fu ar un adeg yn nwylo Llywelyn, tywysog y Cymry, y trysor fu'n ysbrydoliaeth i'r Cymry erstalwm, bellach nawr wedi'i guddio mewn blwch di-lun yng nghanol cannoedd o flychau tebyg mewn stafell gaeëdig yn Sbaen?

Symudodd Anibal ymhellach ar hyd y silffoedd gan ddweud, 'Roedd un neu ddau o'r creiriau pwysicaf yn cael eu cadw mewn blychau gwydr arbennig y tu ôl i allor yr eglwys, fel rhan o'r allorlun. Byddai pererinion yn eu gweld a'u haddoli nhw, ond ddwy ganrif yn ôl symudwyd pob un ohonynt oddi yno er mwyn eu diogelu. Mae gen i frith gof bod y darn o'r groes o Loegr yn un ohonyn nhw.'

'O Gymru,' torrodd Alanza ar ei draws.

'Beth?' ebychodd Anibal.

'Cymru, *Pais de Gales*. Dwedest ti "y groes o Loegr", ond o Gymru y daeth hi'n wreiddiol cyn cael ei chludo i Loegr.'

Roedd Dylan yn wên o glust i glust wrth wrando ar Alanza'n cywiro'i chyfaill. Roedd yn amlwg fod y sgyrsiau hir am Gymru a gawsai gydag Alanza wedi gadael cryn argraff arni!

'Mae'n ddrwg 'da fi – y groes o Gymru!' atebodd Anibal gan wenu. 'Beth bynnag, roedd y darn hwnnw'n un o'r creiriau pwysicaf, gan ei fod yn perthyn i frenhinoedd yn y gorffennol. Ac os dwi'n cofio'n iawn . . . mae'r blwch gwydr arbennig . . .'

Cerddodd Anibal draw at gwpwrdd metel anferth yng nghefn y stafell ac estyn allwedd o'i boced. Gosododd yr allwedd yn y clo a'i throi. Edrychodd Dylan ac Alanza ar ei gilydd, y ddau bellach wedi difrifoli. Teimlai Dylan fod ei galon yn curo'n ddigon uchel i Alanza allu ei chlywed. Safai Anibal â'i gefn atynt, fel nad oedd modd iddynt weld heibio iddo. Agorodd Anibal un o'r droriau mawr yna gafaelodd mewn rhywbeth a'i dynnu allan o'r drôr.

'Ro'n i wedi anghofio pa mor drwm yw rhai o'r hen flychau 'ma!' ochneidiodd.

Trodd Anibal i wynebu Dylan ac Alanza, a rhythodd y ddau ar y blwch yn ei ddwylo. Roedd y blwch yn amlwg yn hen iawn. Llamodd calon Dylan wrth iddo gael cipolwg, trwy'r gwydr cymylog, ar rywbeth y tu mewn i'r blwch, a hwnnw'n amlwg wedi'i wneud o bren hynafol.

'Dewch draw at y bwrdd.'

Ufuddhaodd y ddau, a gosododd Anibal y blwch ar fwrdd bach yn ymyl y wal. Sychodd Dylan ei dalcen â chefn ei law. Ar y ddesg o'u blaenau roedd blwch pren tua hanner metr o hyd a chwarter metr o led. Roedd caead o wydr crwn yn gorchuddio cynnwys y blwch, ond roedd ei gyflwr yn ei gwneud yn amhosib gweld trwyddo'n glir. Yn araf bach, agorodd Anibal y caead i ddatgelu cyfrinach y blwch. Syllodd y tri ar y cynnwys, yn hollol fud. Roedd lle wedi'i neilltuo i dri o greiriau gwahanol yn y blwch, ac o dan bob un o'r rhain roedd disgrifiad byr o bob un o'r creiriau.

Torrodd llais Anibal ar draws y tawelwch, 'Maen nhw i gyd yn ddarnau o'r Wir Groes – y rhai pwysica sy gyda ni yma.'

Gyda help Alanza, darllenodd Dylan y disgrifiad cyntaf: 'Darn o'r Wir Groes o Filan; perchnogwyd yn yr ail ganrif ar bymtheg, yn wreiddiol o Istanbwl'. Darllenodd yr ail ddisgrifiad: 'Darn o'r Wir Groes o Rouen; perchnogwyd yn yr unfed ganrif ar bymtheg, yn wreiddiol o Edessa, Twrci'. Dim ond un disgrifiad oedd ar ôl. Y geiriau Sbaeneg oedd: '*Un trozo de la Vera Cruz de Sevilla, adquirido en el siglo XVI, origen Londres*'. Cyfieithodd Alanza, 'Darn o'r Wir Groes o Seville; perchnogwyd yn yr unfed ganrif ar bymtheg, yn wreiddiol o Lundain'.

Ni allai Dylan wneud dim ond rhythu. Roedd wedi cynhyrfu gormod i fedru siarad yn gall, a holl brofiadau'r wythnosau diwethaf fel pe baent wedi cyrraedd penllanw. Doedd dim dwywaith mai cyfeirio at y Groes Naidd roedd y trydydd disgrifiad; roedd enwau'r llefydd a'r dyddiad i gyd yn ffitio. Ond, fel pe bai eu meddyliau'n efelychu ei gilydd, edrychodd Dylan ac Alanza ar ei gilydd yn syn. Edrychodd y ddau ar y blwch unwaith eto, a gollyngodd Dylan waedd fach oedd yn cyfleu rhwystredigaeth lwyr. Uwchben pob un o'r disgrifiadau roedd lle pwrpasol ar gyfer darnau gwahanol o'r Wir Groes, ond yn union uwchben disgrifiad y Groes Naidd roedd . . . lle gwag!

'Edrych!' meddai Alanza. 'Edrych ar y geiriau o dan y disgrifiad!'

Syllodd y ddau, yn gwbl anghrediniol, ar y lle gwag yn y blwch wrth i Alanza gyfieithu'r geiriau'n dawel.

'Anfonwyd i Loegr ar genhadaeth.'

Pennod 14

ROEDD DYLAN wedi'i gyfareddu gan y llun oedd ar y wal o'i flaen. Eisteddai ar fainc bren yng nghanol un o'r orielau oedd yn arddangos celfyddyd amhrisiadwy yr Escorial. Roedd y llun yn fawr, rhyw ddeg troedfedd o hyd, a delwedd ganolog y darlun oedd wedi hoelio'i sylw'n arbennig. Ynddi, roedd Iago – un o ddisgyblion Iesu Grist – ar fin cael ei ladd. Penliniai Iago ar y llawr tra bod un o filwyr Herod yn sefyll wrth ei ymyl. Yn llaw dde'r milwr roedd cyllell ac iddi lafn llydan, ond dim ond rhan o'r gyllell oedd yn y golwg gan fod y rhan fwya ohoni wedi'i phlannu yng ngwddf Iago. Cododd Dylan o'r fainc a cherdded draw at y llun i weld pwy oedd yr arlunydd – Juan Fernández de Navarrete, 'El Mudo'. Wrth iddo ddarllen y pwt o wybodaeth am yr arlunydd, clywodd lais Alanza yn ei gyfarch o ben draw'r oriel.

Eisteddodd y ddau ohonynt ar y fainc o flaen y llun. Bu Dylan yn aros i Alanza ddod yn ôl ato wedi iddi dreulio ychydig o amser gydag Anibal yn ei swyddfa; roedd hi wedi dweud wrth Dylan ei bod hi yn awyddus i drafod datblygiadau diweddaraf ei gwaith gydag e. Sylweddolai Alanza nad oedd hwyliau rhy dda ar Dylan, ac yntau wedi'i ddigalonni wrth ddarganfod nad oedd y Groes Naidd bellach yn rhan o gasgliad creiriau'r Escorial.

Ni welai fod unrhyw obaith nawr y gallai gwblhau gwaith ymchwil Emyr. Roedd y trywydd wedi oeri. Ond, ar y llaw arall, roedd yn rhaid edrych ar yr ochr bositif; o leia gallai fynd 'nôl i Gymru a dweud ei fod wedi dod o hyd i fedd Cymro dylanwadol o Oes y Tuduriaid. Doedd ei arhosiad yn Sbaen ddim wedi bod yn gwbl ofer wedi'r cyfan.

'Falle nad yw pethau mor ddu ag wyt ti'n meddwl,' meddai Alanza wrtho. 'Dwedodd Anibal wrtha i nawr bod Philip II wedi sefydlu coleg yma yn Sbaen er mwyn hyfforddi offeiriaid yn arbennig ar gyfer cenhadu yn Lloegr a Chymru.'

Edrychodd Dylan ar Alanza a gwenu. Roedd hi wedi dangos cymaint o ddiddordeb yn ei ymchwil o'r cychwyn cyntaf, ac roedd yn gwerthfawrogi hynny.

'Alanza, dwi'n ddiolchgar iawn i ti am bopeth, ond dwi jest ddim yn gweld sut alla i gario 'mlaen â'r ymchwil nawr. Os cafodd y Groes Naidd ei hanfon 'nôl i Loegr bedair canrif yn ôl, galle hi fod yn unrhyw le erbyn hyn.'

'Wel,' meddai Alanza, 'waeth i ni weld gweddill y palas gan ein bod ni wedi dod mor bell. Dere, mae'n lle anhygoel, ac mae'n siŵr o wneud i ti deimlo'n well. Ond cofia, do'n i ddim yn jocan am y pryd o fwyd 'na!'

Cerddodd y ddau yn hamddenol, fraich ym mraich, ar hyd yr oriel nes cyrraedd y grisiau oedd yn arwain at stafelloedd personol Philip II. Ar eu ffordd yno roedd yn rhaid iddynt gerdded trwy neuadd enfawr oedd wedi'i haddurno'n foethus. Ar bedair wal y neuadd roedd hen fapiau o gyfnod Philip II wedi'u harddangos, ac wrth iddo gerdded yn araf heibio iddynt, sylwodd Dylan yn ofalus ar bob map yn ei dro. Aeth heibio i bedwar o'r mapiau a stopio'n sydyn o flaen y pumed, sef map o Brydain. Yr hyn oedd yn drawiadol yn ei gylch oedd bod y map yn dangos Prydain yn gorwedd ar ei hochr, yn wahanol i'r hyn a welir ar fapiau modern. Aeth Dylan yn agosach er mwyn gallu darllen y geiriau uwchben y map – *Angliae, Scotiae, et Hiberniae, Sive Britannicar: Insularum Descriptio*. Sylwodd fod y gair *Angliae* wedi'i ysgrifennu ar draws Lloegr a Chymru, ond roedd wedi hen arfer â gweld Cymru'n cael ei hanwybyddu ar fapiau cyffelyb. Gwyrodd ei ben yn agosach at y gwydr oedd yn diogelu'r map er mwyn cael gwell golwg. Pan ddechreuodd ddarllen rhai o'r enwau arno, agorodd ei lygaid mewn syndod: Llandaf, Penfro, Tŷ Ddewi, Llandeilo. Roedd darllen enwau cyfarwydd ei wlad ei hun yn brofiad rhyfedd o emosiynol iddo. Symudodd ei sylw at Ogledd Cymru: Llanelwy, Dinbych, Aberconwy, Bangor, Llandudno . . . stopiodd ddarllen yn sydyn a symud ei ben yn agosach, nes bod ei drwyn bron â chyffwrdd â'r gwydr.

'Dylan! Beth wyt ti'n wneud? Bydd y staff diogelwch ar ein holau ni mewn munud!'

'Alanza, edrych ar y llun yma!' meddai Dylan, ei wyneb wedi gwelwi. Heb dynnu'i lygaid oddi ar y map, estynnodd Dylan ddarn o bapur o'i boced a'i roi i Alanza.

'Beth weli di ar y papur?' holodd Dylan.

'Wel, mae'n edrych fel croes.'

'Ffeindiais i'r nodyn yna yn swyddfa Emyr y diwrnod y cafodd ei lofruddio. Mae'n dangos llun o'r llestr oedd yn dal y Groes Naidd yng nghapel St. George yn Windsor.'

'Iawn, ond pam wyt ti'n dangos hwn i fi nawr?'

Pwyntiodd Dylan at yr enw Llandudno ar y map a symudodd Alanza'n nes ato. Pan welodd beth oedd Dylan yn ei ddangos iddi, agorodd ei cheg a gollwng gwaedd fach. Yn ymyl yr enw Llandudno roedd delwedd o groes – un eithriadol o fach, ond doedd dim dwywaith nad yr un groes oedd hi â'r llun ar y papur yn ei llaw.

'Ife'r brenin Philip ei hun oedd piau'r mapiau yma?' gofynnodd Dylan.

'Ie, wrth gwrs. Pam?'

'Wel, fe soniaist ti amdano'n anfon cenhadon i Loegr . . .'

Dangosai llygaid Alanza ei bod hi wedi deall beth oedd ar ei feddwl. Cyn iddi yngan gair, aeth Dylan yn ei flaen.

'Edrych ar y map – mae'r gair *Angliae* wedi'i sgrifennu ar draws Cymru a Lloegr, sy'n awgrymu bod pobl yn oes Philip yn arfer defnyddio'r gair i gynnwys Cymru hefyd. Os aeth y Groes Naidd i "Loegr" gydag un o'r cenhadon Catholig, oni fydde hi'n gwneud mwy o synnwyr i'w hanfon i Gymru? Dychmyga'r effaith fydde dychwelyd eu trysor pwysicaf yn ei gael ar y Cymry! Bydde fe'n gynllun gwych i'w troi nhw nôl at y ffydd Gatholig.'

'Wyt ti'n meddwl bod Philip wedi anfon y groes i Landudno?'

'Mae'r llun ar y map mor debyg! Rhaid taw'r un groes yw hi!'

.

Er bod Alanza wedi gwneud ei gorau glas i'w berswadio, ni fentrodd Dylan allan o'r gwesty ym Madrid y noson honno. Roedd Alanza wedi trefnu stafell ddwbl yng ngwesty'r Liabeny yng nghanol y ddinas, a phan sylweddolodd Dylan fod cysylltiad wi-fi yno, aeth ati'n syth i ymchwilio ar y rhyngrwyd. Buan y sylweddolodd Alanza nad oedd ganddi obaith o dynnu Dylan oddi ar ei liniadur, felly penderfynodd archebu *bocadillos* i'w bwyta yn yr ystafell. Wrth i Dylan syllu ar y sgrin o'i flaen, cymerai gegaid o'r brechdanau bob hyn a hyn. Ymhell ar ôl i Alanza syrthio i gysgu y noson honno, roedd Dylan yn dal ar ddihun yn chwilio ar y we am unrhyw wybodaeth a allai daflu goleuni ar y symudiadau dirgel rhwng Sbaen a Phrydain bedwar can mlynedd yn ôl.

Ac yna, ychydig wedi tri o'r gloch y bore, daeth ar draws darn o wybodaeth a'i ysgydwodd i'r carn. Hanes cenhadwr Cymraeg, gŵr o'r enw William Davies. Roedd yn byw yn yr un cyfnod â Philip II ac yn perthyn i garfan o Gatholigion Cymraeg oedd yn cynllwynio i droi Cymru'n ôl i'r hen ffydd. Y ffaith ysgytwol i Dylan oedd bod Davies yn teithio'n rheolaidd rhwng Cymru a Sbaen a bod ganddo gysylltiadau trwy Ewrop gyfan. Nid yn unig hynny, ond roedd William Davies yn ymwelydd cyson â'r coleg yn Sbaen y soniodd Alanza amdano yn yr Escorial, yr un oedd yn hyfforddi cenhadon i fynd i Gymru. Ar ddiwedd ei fywyd, ac yntau wedi'i gyhuddo o deyrnfradwriaeth a'i ddedfrydu i farwolaeth, carcharwyd Davies yng nghastell Biwmaris. Cyn iddo gael ei ddienyddio, fodd bynnag, llwyddodd ei ddilynwyr i guddio rhywfaint o'i eiddo a chadw'r eitemau fel creiriau er mwyn gallu parhau â'r ymgyrch grefyddol.

Eisteddodd Dylan yn ôl yn ei gadair a diffodd y lamp fach ar y ddesg. Caeodd ei lygaid a cheisio gwneud synnwyr o'r hyn roedd wedi'i weld a'i glywed yn ystod y dyddiau diwethaf. Roedd yn sicr o un peth – byddai'n rhaid aros tan fory cyn y gallai feddwl yn glir am yr hyn roedd newydd ei ddarganfod. Diffoddodd y gliniadur a llusgo'i hun yn dawel i'r gwely i swatio wrth ymyl corff cynnes Alanza. Trodd hithau ato yn ei chwsg a lapio'i braich yn reddfol amdano. Syllodd Dylan arni'n cysgu yno'n dangnefeddus a daeth syniad annymunol iawn i'w feddwl; pan ddeuai'r amser iddo ddychwelyd i Gymru, byddai'n anodd iawn ffarwelio â hon.

■

Cydiodd Alanza yn y jwg goffi a thywallt paned yr un iddynt. Estynnodd un o'r cwpanau i Dylan dros y bwrdd brecwast a sylwi ar yr olwg flinedig ar ei wyneb. Cododd yntau'r cwpan i'w geg a blasu'r ddiod – roedd yn hyfryd. Rhywsut, roedd y Sbaenwyr wedi meistroli'r grefft o wneud coffi perffaith, a theimlai Dylan yn ddiolchgar iawn am hynny; roedd arno angen paned dda o goffi i'w ddeffro'n iawn. Daliai Alanza i edrych arno wrth iddo lyncu'i goffi ar ei dalcen a llenwi'r cwpan am yr eildro. Roedd hi'n nabod Dylan yn ddigon da erbyn hyn i wybod bod ganddo rywbeth pwysig i'w ddweud. Roedd ei lygaid yn edrych i bobman ond arni hi. Ers y noson cynt, roedd Dylan wedi bod yn meddwl am y ffordd orau i fynegi'r hyn oedd ar ei feddwl, ond nawr roedd yr amser wedi dod. Roedd yn rhaid iddo fod yn deg gydag Alanza a dweud wrthi am ei benderfyniad.

'Alanza, dwi wedi bod yn meddwl. Ddoi di gyda fi i Gymru?'

Gwelodd Dylan ar unwaith nad oedd Alanza'n disgwyl y cwestiwn. Cyn iddi ddweud gair, aeth Dylan yn ei flaen.

'Dwi'n gwybod bod hyn yn swnio'n od, ond basen i'n teimlo'n rhyfedd iawn taset ti ddim yn dod gyda fi. Y peth yw, dwi'n meddwl ein bod ni'n gwneud tîm da. Jest meddylia am y pethau ry'n ni wedi'u gwneud yn barod. Dwi'n siŵr y gallwn ni . . .'

'Ond Dylan,' torrodd Alanza ar ei draws, 'sut galla i fod o unrhyw help i ti o hyn ymlaen? Dwi erioed wedi bod yng Nghymru, a dwi ddim yn gwybod unrhyw beth am y wlad. Sut alla i fod o help i ti nawr?'

'Wel, rwyt ti'n gwybod cymaint â fi am y Groes Naidd!'

'Ond beth sy'n gwneud i ti feddwl dy fod ti'n dod yn agosach at ffeindio'r Groes? Ife dim ond y llun ar y map yn yr Escorial? Dyw hynny ddim yn golygu bod y Groes yn Llandudno, ydy e?'

'Nac ydy. Ond neithiwr, pan o't ti'n cysgu, fe wnes i dipyn o waith ymchwil . . . wel, lot o ymchwil a dweud y gwir! Wyt ti'n cofio sôn wrtha i am y coleg 'na oedd yn hyfforddi cenhadon yng nghyfnod Philip II?'

'Ydw, pam?'

'Wel, anfonodd y coleg genhadwr i Gymru – dyn o'r enw William Davies. Roedd e'n teithio'n ôl a 'mlaen rhwng Cymru a Sbaen drwy'r amser.'

'Ie, ond . . .'

'Alanza, meddylia am eiliad; rho dy hunan yn sgidie Philip. Roedd e'n gwybod bod carfan o Gatholigion yn cyfarfod yn ddirgel yng ngogledd Cymru. Roedd e'n cynllwynio gyda nhw i droi'r wlad 'nôl i'r ffydd Gatholig, ac roedd e'n berchen ar ddarn o'r Wir Groes oedd ar un adeg yn eiddo i'r Cymry. Roedd e'n chwilio am rywun allai fynd â'r Groes i Gymru i roi hwb i'r ymgyrch, rhywun y gallai ymddiried ynddo, a rhywun oedd yn gyfarwydd â'r ardal. Pwy fyddet ti'n ei ddewis i fynd â'r Groes i Gymru? Cymro, efallai? Rhywun oedd yn adnabyddus i bawb yn y coleg cenhadon? Rhywun gafodd ei eni yng ngogledd Cymru? Catholig pybyr? Roedd William Davies yn ticio'r bocsys hyn i gyd!'

Gallai Dylan weld bod ei eiriau wedi cael cryn argraff ar Alanza, ond roedd rhywbeth yn ei phoeni.

'Ond pam Llandudno? Pam bod llun o'r Groes ar y map ar bwys Llandudno?'

'Does gen i ddim syniad. Ond dwi'n gwybod un peth – dwi eisie mynd 'nôl i Gymru i ffeindio mas. Alanza . . . ddoi di gyda fi?'

Tynhaodd Dylan ei afael ar lyw y car. Roedd wedi anghofio pa mor gythreulig o droellog oedd y ffyrdd yng nghanolbarth Cymru. Er mor hardd oedd y wlad o'i gwmpas, doedd dim posib iddo fwynhau'r golygfeydd oherwydd yr angen i ganolbwyntio'n llwyr ar y tarmac du o'i flaen. Roedd Alanza, serch hynny, yn mwynhau pob eiliad o'r daith. Bob hyn a hyn, clywai Dylan hi'n ebychu'r gair *bonito* neu *muy bonito* wrth i olygfa odidog arall ddod i'r golwg. Roedd Dylan wedi dewis y ffordd trwy'r canolbarth yn fwriadol er mwyn i Alanza weld tirwedd Cymru ar ei orau. Chafodd hi mo'i siomi. Roedd gwyrddni'r wlad yn ei hatgoffa o Galicia yng ngogledd Sbaen, a chroesawai'r cyfle i brofi hinsawdd mwy cymedrol na thymheredd lled-Saharaidd Andalucía.

Ar ôl gadael Madrid, treuliodd Dylan ac Alanza ddiwrnod arall gyda'i gilydd yn Seville – digon o amser i Dylan berswadio Alanza i gymryd gwyliau o'i gwaith ac i ddod gydag ef i Gymru. Yn ystod seibiant dau ddiwrnod yng Nghaerdydd, cafodd Dylan gyfle i wneud ychydig o ymchwil yn y llyfrgell yng nghanol y ddinas, tra bod Alanza'n mwynhau ymweliad â'r amgueddfa a'r castell. Roedd Dylan yn awyddus i ddod o hyd i unrhyw beth fyddai'n taflu mwy o oleuni ar William Davies a'r garfan o Gatholigion cyfrin oedd yn cynllwynio gyda Sbaen 'nôl yng nghyfnod y Tuduriaid. Dyma'r rheswm pam fod Alanza ac yntau ar eu ffordd i Aberystwyth. Yn y llyfrgell, roedd Dylan wedi dod ar draws cyfeiriad oedd yn cysylltu William Davies â llyfr o'r enw *Y Drych Cristianogawl*, cyhoeddiad Catholig a argraffwyd yn ystod oes Davies. Dim ond pedwar copi gwreiddiol o'r llyfr oedd yn bodoli yn unman yn y byd, ac roedd un o'r rheiny yn y Llyfrgell Genedlaethol yn Aberystwyth. Gan mai dyma'r unig bwt o wybodaeth oedd ganddo, penderfynodd Dylan y byddai'n rhaid iddo ddilyn ei reddf fel hanesydd a mynd i weld y llyfr. Ni wyddai beth fyddai'r llyfr yn ei ddatgelu – a digon posib na fyddai'n datgelu unrhyw beth o gwbl – ond roedd yn rhaid iddo roi cynnig arni.

Yn sydyn, tarodd Dylan gledr ei law yn erbyn y llyw a rholiodd ei lygaid fel petai'n ei geryddu ei hun. Roedd wedi cofio am rywbeth. Trodd at Alanza.

'Wyt ti wedi dod ag ID gyda ti?'

'Wel, fy mhasbort wrth gwrs. Pam?'

'Chei di ddim mynd mewn i'r Llyfrgell Genedlaethol heb ddau fath o ID, rhywbeth gyda dy gyfeiriad arno fe.'

'Dim problem, mae fy ngherdyn gwaith gen i hefyd. Mae 'nghyfeiriad i ar hwnna.'

Roedd Dylan yn falch. Doedd e ddim eisiau i Alanza golli'r cyfle i ymweld ag un o sefydliadau pwysicaf Cymru. A'r llyfrgell yn gartref i lyfrau a llawysgrifau eithriadol, roedd yn awyddus i rannu'r trysorau hyn gyda hi. Ond, am y tro, roedd meddwl Alanza ar bethau eraill.

'Ddwedest ti bod Aberystwyth ar lan y môr, on'd do fe? Bydde'n braf cael mynd i'r traeth, wyt ti'n cytuno?'

Edrychodd ar Dylan a rhoi pwniad chwareus yn ei ochr.

'Sut fath o le yw Aberystwyth?' holodd.

Tynnodd Dylan ei lygaid oddi ar y ffordd am eiliad a thaflu cipolwg direidus i gyfeiriad Alanza.

'Wel, rho fe fel hyn, mae'n union fel Marbella, heb y coed palmwydd!'

Doedd Alanza ddim yn siŵr beth i feddwl, felly gwenodd a setlo'n yn ôl yn ei sedd i fwynhau gweddill y daith.

Erbyn hyn roeddent wedi cyrraedd cyffiniau Aberystwyth. Trodd Dylan y car oddi ar Ffordd Llanbadarn a dechrau dringo'r rhiw at y llyfrgell. Parciodd y tu allan ac aeth Alanza ac yntau am dro o gwmpas yr adeilad i ymestyn eu coesau ychydig. O'r fan lle safent y tu allan i'r brif fynedfa, ymestynnai'r dre a'r môr islaw, ac er mor hyfryd oedd yr olygfa, gallai Alanza weld ar unwaith bod unrhyw gymhariaeth gyda Marbella'n bell ohoni. Trodd y ddau eu cefnau ar y môr a wynebu i'r cyfeiriad arall. O'u blaenau roedd mynedfa urddasol Llyfrgell Genedlaethol Cymru. Cerddodd y ddau tuag ati.

Yn union ar ôl camu trwy ddrws y Llyfrgell, profodd Dylan y teimlad a gâi bob tro wrth fynd i mewn i le tebyg; roedd awyrgylch arbennig i'w gael mewn adeiladau oedd wedi'u cysegru'n llwyr i fyd dysg ac ysgolheictod. Profodd yr un teimlad yn archifdy Neuadd y Dilledyddion yn Llundain ac yn yr Archivo de Indias yn Seville. Ond, y tro hwn, roedd y teimlad cyfarwydd hwnnw wedi dwysáu – nid yn unig o ganlyniad i natur ei ymweliad a'i awydd i ddatrys y dryswch ynghylch ymchwil Emyr, ond hefyd am ei fod bellach yn ôl yn ei wlad ei hun. Yn gymysg â'r teimladau o barch at sefydliad y Llyfrgell, teimlai Dylan yn llawn balchder wrth gael dangos un o drysorau Cymru i'w ffrind o wlad dramor. Edrychodd Dylan ar Alanza a synhwyrodd ei bod hithau'n rhannu'r un parchedig ofn; wedi'r cwbl, meddyliodd, archifydd oedd hi, ac roedd ysgolheictod yn rhan annatod o'i natur hithau hefyd.

Roedd Dylan wedi ffonio'r Llyfrgell ymlaen llaw i wneud yn siŵr bod modd iddo weld y copi o'r *Drych Cristianogawl*, a threfnu i gwrdd ag un o'r staff, Iwan ap Dafydd, yn Ystafell Ddarllen y Gogledd am ddau o'r gloch y prynhawn. Ar ôl i Alanza gofrestru a derbyn tocyn aelodaeth, anelodd y ddau am y grisiau a arweiniai at yr ystafelloedd darllen. Y tu ôl i ddesg gron y dderbynfa yn Ystafell y Gogledd roedd merch ifanc a gŵr pryd cringoch yn ei dri degau'n siarad yn dawel gyda'i gilydd.

Trodd y ferch atynt a meddai gyda gwên, 'Mr Jones? Hyfryd cwrdd â chi. Dyma Iwan – fe fydd yn mynd â chi i lawr i'r celloedd.'

Diolchodd Dylan iddi a chyflwyno Alanza i'r ddau

ohonynt. Estynnodd Iwan ei law iddynt a'u croesawu'n frwd. Roedd ganddo bersonoliaeth hawddgar a gwên barod ar ei wyneb. Arweiniodd Iwan y ffordd yn ôl i lawr y grisiau a thrwy gyfres o ddrysau nes iddynt gyrraedd rhan newydd y Llyfrgell.

'Estyniad gweddol newydd yw hwn,' meddai Iwan. 'Fe gafodd ei adeiladu yn 1995. Fan hyn ry'n ni'n cadw llawer o'n llyfrau prin. Dewch gyda fi.'

Tra'n arwain y ffordd i berfeddion y stafelloedd tanddaearol, dywedodd Iwan, 'Mae'r rhan fwyaf o'r llyfrau crefyddol prin yn cael eu cadw yng nghelloedd W1 i W3, ac os dwi'n cofio'n iawn mae'r *Drych* yng nghell W1.'

Safodd Iwan o flaen drws metel, cadarn yr olwg. Drws Cell W1. Cyn ei agor, gosododd Iwan allwedd mewn clo arbennig mewn bocs bach ar y wal gerllaw. Eglurodd bod yn rhaid troi'r system diffodd tân i ffwrdd cyn mynd i mewn i'r gell; fel arall, pe bai tân yn yr ystafell, câi carbon deuocsid ei bwmpio i'r gell gan sicrhau na fyddai unrhyw ocsigen ar ôl i'w anadlu. Tynnodd Iwan yn gadarn ar ddolen y drws. Yn araf bach, agorodd a chamodd y tri ohonynt i'r gell. Roedd staciau metel anferth yn llenwi'r ystafell o'r llawr hyd at y to, a phob un yn llawn o lyfrau a dogfennau. Gwyddai Dylan fod rhai o drysorau amhrisiadwy Cymru ar y silffoedd hyn. Aeth Iwan yn syth at y stac agosaf a gafael yn yr olwyn oedd ar y tu blaen. Wrth iddo droi'r olwyn, symudodd y stac yn ei grynswth ar hyd y cledrau arbennig a osodwyd ar lawr y gell. Rhoddodd Iwan arwydd i Dylan ac Alanza ei ddilyn a dechreuodd y tri gerdded rhwng y staciau i gael gwell golwg ar gynnwys y silffoedd.

Edrychodd Dylan ar deitlau rhai o'r llyfrau, a bron ar unwaith sylwodd ar rywbeth a berodd iddo aros yn ei unfan. Pwyntiodd at lyfr ar y silff gan ebychu, 'Alanza, edrycha! Ti'n gweld hwn? Dyma'r llyfr Cymraeg cyntaf i gael ei gyhoeddi.'

Gafaelodd Iwan yn y llyfr a'i estyn iddo.

'Dyma ti, *Yn Y Lhyvyr Hwnn*. Gei di afael ynddo fe. Mae'r teitl yn un diddorol, on'd yw e? Fe gafodd ei argraffu yn Llundain yn 1546.'

I Dylan, roedd hyn yn brofiad llawer gwell na phe bai rhywun wedi ei wahodd i siop gemau a thlysau a rhoi deng munud iddo helpu'i hunan i'r trysorau. Cerddodd ymlaen yn araf ar hyd y stac gydag Alanza wrth ei ochr, tra bod Iwan yn chwilio am y *Drych*.

'Dyma ni! Dyma'r llyfr ry'ch chi wedi dod i'w weld,' meddai.

Gafaelai Iwan mewn llyfr bach, dim ond rhyw bum modfedd o hyd, ac iddo glawr o ledr browngoch. Stopiodd Dylan yn stond am eiliad gan syllu ar y llyfr.

'Wel,' meddai Alanza, 'wyt ti eisiau'i weld e?'

Yn ei gyffro, doedd Dylan ddim wedi sylwi bod Iwan yn amneidio arno i afael yn y llyfr. A'i ddwylo'n crynu, gafaelodd yn *Y Drych Cristianogawl*. Dechreuodd droi'r tudalennau cyntaf yn ofalus gan rythu ar y geiriau a ysgrifennwyd gan Gymro oedd yn byw yng nghyfnod y Frenhines Elizabeth I a'r brenin Philip II o Sbaen.

'Dwi'n sylweddoli eich bod chi'ch dau'n ysgolheigion, ac mae un ohonoch chi wedi teithio'n bell iawn i weld y llyfr, felly mae croeso i chi gael amser i'w astudio – ym . . . ddwedwn ni rhyw hanner awr? Mae desg draw fan'na.'

Diolchodd Dylan iddo am ei garedigrwydd ac aeth Iwan o'r stafell gan adael drws y gell ar agor. Eisteddodd Dylan ac Alanza wrth y ddesg a dechreuodd Dylan ddarllen y geiriau ar y dudalen gyntaf:

Y Drych Cristianogawl:
Yn yr hwn y dichon pob Cristiawn ganfod gwreidhin a dechreuad pob daioni sprydawl

Darllenai Dylan yn uchel er mwyn i Alanza glywed, gan gyfieithu fesul brawddeg er mwyn iddi ddeall yr ystyr. Ar ôl treulio sawl munud yn darllen a chyfieithu bob yn ail fel hyn, yn sydyn symudodd Dylan ei ben yn nes at y llyfr. Roedd un frawddeg wedi neidio allan ato. Darllenodd:

darfu i Elen y frenhines a mam Costenin drwy weledigaeth fyned i Gaerusalem o ynys Brydein, a dwyn odd i yno y groes fendigaid

Ar unwaith, trodd Dylan at Alanza ac egluro ystyr y geiriau. Agorodd hithau ei llygaid led y pen. Ar yr un pryd, cofiodd Dylan eiriau Huw, y tywysydd yng nghapel St. George yn Windsor. Roedd Huw wedi dweud bod Helen, mam yr Ymerawdwr Cystennin, wedi teithio i Jeriwsalem dri chan mlynedd ar ôl croeshoeliad Iesu Grist a'i bod wedi dod â darn o'r Wir Groes yn ôl i Brydain. Sylwodd Dylan fod y frawddeg yn awgrymu bod Helen yn byw ym Mhrydain pan benderfynodd fynd i Gaersalem ar bererindod. Roedd y cyfeiriad hwn yn y llyfr yn profi bod gan William Davies a'i gyd-Gatholigion ddiddordeb yn hanes y Groes Naidd, ac yn cefnogi'i ddamcaniaeth bod cysylltiad rhyngddi a William Davies. A'i feddwl yn llawn cyffro, teimlai Dylan yn sicrach fyth nawr mai William Davies oedd yr un a ddewiswyd gan y Sbaenwyr i ddod â'r darn o'r Wir Groes i Gymru.

Yr unig beth na fedrai yn ei fyw ei ddeall oedd y cysylltiad rhwng y Groes Naidd a Llandudno. Roedd llun y groes ar y map yn yr Escorial yn awgrymu bod rhyw berthynas rhwng y dre glan môr yng ngogledd Cymru a'r groes. Gwyddai Dylan fod Davies wedi cael ei eni yn yr hen Sir Ddinbych, a bod Llandudno ar un adeg yn rhan o'r sir honno, ond ar wahân i'r pwt yma o wybodaeth ni welai Dylan unrhyw beth arall yn y *Drych* fyddai'n ei helpu i ddatrys y dirgelwch arbennig hwnnw. Roedd ar fin rhoi'r llyfr 'nôl ar y silff pan sylwodd ar rywbeth arall. Ar ôl darllen y gair *Finis* ar waelod y dudalen olaf, gwelodd fod tudalen wag ychwanegol rhwng honno a'r clawr caled. Ond, o edrych yn fanylach, doedd hi ddim yn hollol wag. Roedd rhai geiriau wedi'u hysgrifennu ar y ddalen, ac a barnu oddi wrth ansawdd aneglur yr inc, roedd blynyddoedd – os nad canrifoedd – wedi mynd heibio ers hynny. Cododd Dylan y llyfr yn nes at y golau i geisio gwneud synnwyr o'r ysgrifen, ond roedd yn dasg anodd tu hwnt. Yna, trodd y llyfr ar ongl er mwyn goleuo'r dudalen o gyfeiriad arall. Roedd yn llawer haws gweld rhai o'r llythrennau nawr. Estynnodd ddarn o bapur o'i boced a rhoddodd Alanza bensel iddo o'i bag llaw. Dechreuodd gopïo'r llythrennau, un ar y tro, gan adael bwlch ar gyfer y rhai nad oedd yn gallu eu darllen. Ar ôl copïo fel hyn am rai munudau, yn raddol bach daeth yn amlwg nad geiriau Cymraeg oedden nhw, ond Lladin.

Wrth i Dylan ac Alanza geisio dehongli'r ysgrifen, rhoddodd Iwan ap Dafydd ei ben heibio'r drws gan ymddiheuro am dorri ar eu traws. Dywedodd ei fod newydd dderbyn galwad ffôn i fyny'r grisiau; roedd rhywun yn awyddus i siarad â Dylan ar fater pwysig, a doedd e ddim yn fodlon aros. Â golwg chwilfrydig ar ei wyneb, cododd Dylan o'i gadair a dilyn Iwan tuag at ddrws y gell. Trodd yn ôl i edrych ar Alanza, ac yna ar Iwan, ond roedd y llyfrgellydd wedi darllen ei feddwl a rhoddodd sicrwydd i Dylan bod croeso i Alanza aros yno ar ei phen ei hun. Gwenodd hithau arnynt a dywedodd y byddai'n dal ati i weithio ar y geiriau annelwig nes iddynt ddod yn eu holau. Beth bynnag, meddyliodd Dylan, roedd ganddi well gafael ar Ladin nag oedd ganddo ef. Yna, cychwynnodd Iwan ac yntau ar y daith labyrinthaidd yn ôl i loriau uchaf yr adeilad, er mwyn cymryd yr alwad ffôn.

Ymhen chwarter awr, dychwelodd Iwan a Dylan i'r gell. Roedd Alanza'n dal i eistedd wrth y ddesg, ei phen yn gwyro i un ochr a'i llygaid wedi'i hoelio ar y darn papur. Roedd hi'n amlwg yn ddwfn yn ei meddyliau.

'Chredi di fyth!' meddai Dylan. 'Erbyn i ni gyrraedd y ffôn roedd pwy bynnag oedd eisiau siarad â fi wedi mynd! Wnaeth e ddim gadael enw na dim byd . . . gwastraff amser llwyr. Beth bynnag, sut hwyl gest ti ar y geiriau?'

'Gweddol,' atebodd Alanza, gan swnio braidd yn wyliadwrus.

Synhwyrodd Dylan fod ganddi rywbeth i'w ddweud wrtho, ond nad oedd hi'n awyddus i rannu'r wybodaeth o flaen Iwan. Penderfynodd Dylan newid cyfeiriad y sgwrs.

'Mae Iwan newydd egluro i mi pam fod y *Drych* yn llyfr mor fach. Gallai ffitio mewn poced, i'w guddio rhag gelynion y Catholigion.'

'Ie,' ategodd Iwan, 'a dweud y gwir, mae dirgelwch bach arall ynglŷn â'r *Drych*. Roedd pawb yn meddwl mai yn Rouen, yn Ffrainc, y cafodd ei argraffu – a dyna beth mae'r llyfr yn ei ddweud – ond y gwir yw ei fod wedi cael ei argraffu'n ddirgel ar wasg gudd mewn ogof yn Rhiwledyn. Ymgais ydy'r cyfeiriad at Rouen i guddio'r ffaith mai yng Nghymru y cafodd ei argraffu. Roedd cyhoeddi llyfrau Catholig yn anghyfreithlon yn y cyfnod hwnnw.'

'Peth peryglus iawn i'w wneud,' meddai Dylan.

'Yn union,' atebodd Iwan. 'Cyfansoddodd Gwilym Puw, un o feirdd y cyfnod, gerdd yn disgrifio'r olygfa yn yr ogof, a'r gweithgareddau cyfrinachol oedd yn digwydd yno. Daeth yr awdurdodau o hyd i'r ogof yn 1587, ac fe anfonwyd llythyr at Archesgob Caer-gaint yn dweud y cyfan wrtho. Y *Drych* oedd y llyfr cyntaf i gael ei argraffu yng Nghymru. Wyddoch chi, pan ymwelodd y Pab â Phrydain yn 2010, cyflwynwyd copi *facsimile* o'r *Drych Cristianogawl* iddo.'

'Fe gafodd y llyfr ei argraffu mewn ogof? Dyna ddiddorol,' meddai Dylan. 'Ond ble ddwedsoch chi oedd yr ogof? Rhiw . . .'

'Rhiwledyn,' atebodd Iwan.

'Ie, ond ble mae Rhiwledyn?'

'Yn Llandudno.'

Llandudno! Am eiliad, ni fedrai Dylan ddweud gair. Doedd Iwan ap Dafydd ddim wedi disgwyl y fath ymateb. Roedd Alanza hefyd yn sefyll yno'n gegrwth.

'Oes rhywbeth yn bod?' holodd Iwan.

'Na . . . na, dim byd. Dwi newydd gofio am rywbeth . . . rhywbeth eitha pwysig. Y'ch chi'n gwybod os oes modd mynd i'r ogof?'

'Oes, am wn i. Y'ch chi'n meddwl mynd yno? Alla i gael cyfeirnod map i chi ar gyfer y lle yn ddigon rhwydd. Dewch 'nôl i'r stafell ddarllen – mae 'na lyfr yn fan'na sy'n disgrifio'r lle.'

■

'Ydy'r map gyda ti? Dyma'r cyfeirnod . . . brysia, does dim llawer o amser gyda fi . . . ti'n barod? . . . 8132 a 8250 . . . gest ti hwnna?'

Ar ôl derbyn yr alwad, rhoddodd y dyn y ffôn yn ôl yn ei boced a gwenu'n fodlon. Arhosodd yn y maes parcio nes iddo weld Dylan ac Alanza'n dod allan o'r Llyfrgell, yna taniodd injan ei gar.

Pennod 16

Chwarddodd Alanza'n uchel wrth weld Pwnsh yn codi'r pastwn yn araf, araf, a'i ddal yn fygythiol uwch ei ben. Yna, gyda chyflymder mellten yn hollti'r awyr, daeth yr arf i lawr ar ben y crocodeil. Roedd y gynulleidfa wrth ei bodd ac ymunodd pawb yn y llef gyfarwydd:

'*That's the way to do it! That's the way to do it!*'

Doedd Alanza erioed wedi gweld sioe Pwnsh a Jwdi o'r blaen, ac roedd hi'n mwynhau pob eiliad. Doedd Dylan, ar y llaw arall, ddim yn dangos yr un brwdfrydedd. Er pan oedd yn blentyn bach, roedd wastad wedi meddwl bod y sioe yn un greulon; wedi'r cyfan, sut gallai unrhyw un chwerthin am ben dyn oedd yn defnyddio ffon i guro'i wraig a'i blentyn, a bron popeth arall oedd o fewn ei gyrraedd? Ond, wrth edrych ar wynebau'r plant a'r oedolion a eisteddai ar y prom yn Llandudno, roedd hi'n amlwg i Dylan nad oedd y mwyafrif yn rhannu ei deimladau. Roedden nhw i gyd wedi dod yma i fwynhau eu gwyliau haf ar lan y môr, ac os oedd gan unrhyw un bryderon ynglŷn ag addasrwydd y sioe, roedd y pryderon hynny bellach wedi cael eu cipio ar yr awel a'u taflu ar greigiau'r môr gerllaw i dorri'n deilchion ymysg y tonnau.

Oddi ar y fainc lle'r eisteddent ar y prom, gwelai Dylan

ac Alanza fae Llandudno'n ymestyn mewn hanner cylch o'u blaenau, gyda Phen y Gogarth ar un ochr a phenrhyn Rhiwledyn ar yr ochr arall. Roedd yn ddigon hawdd gweld pam bod y swyddfa dwristiaeth yn disgrifio'r dre Fictoraidd hon fel 'trysor o le'; roedd y panorama gwych o'u blaenau'n llawn haeddu'r clod. Ac yn ôl y ferch yn y swyddfa, bu Dylan ac Alanza'n ffodus iawn i gael ystafell am un noson yng ngwesty'r Empire wrth droed y Gogarth, cymaint oedd prysurdeb y dre yng nghanol tymor gwyliau'r haf. Y tro diwethaf y bu Dylan yma, roedd yn chwech oed ac yn aros mewn maes carafannau gyda'i rieni a'i chwaer. Wrth iddo edrych nawr ar y Gogarth, cofiodd sut y bu iddo wirioni ar y tram a'r car cêbl oedd yn cario ymwelwyr i gopa'r penrhyn. Mynnai gael mynd naill ai ar y car cêbl neu'r tram bob dydd o'r gwyliau. Dyddiau da, meddyliodd gan wenu iddo'i hun.

Trodd Dylan ei ben i'r cyfeiriad arall a gweld y lleiaf o'r ddau benrhyn, Rhiwledyn, ar ochr ddwyreiniol y bae. Ar y gwyliau hwnnw gyda'i deulu, bu ar y Gogarth sawl gwaith, ond ni allai gofio mynd i Riwledyn o gwbl. Yn sicr, ni wyddai ddim o hanes syfrdanol y lle, tan ei ymweliad â'r Llyfrgell Genedlaethol. Roedd gwybodaeth Iwan ap Dafydd am yr ogof ddirgel wedi ei ryfeddu. O'r diwedd, roedd llun y groes ar y map yn yr Escorial yn dechrau gwneud synnwyr; gwyddai Dylan fod cyfeillion William Davies wedi llwyddo i ddiogelu peth o'i eiddo personol cyn iddo gael ei ddienyddio, a'u bod yn ystyried un darn arbennig o'r eiddo hwnnw fel crair. Ymhle y byddai cyfeillion Davies wedi cadw'r crair yn ddiogel rhag eu gelynion? Pa le gwell na'r man lle roedden nhw eisoes yn cwrdd yn gyfrinachol? Roedd Dylan yn sicr bod gan ogof Rhiwledyn gyfrinach i'w rhannu – cyfrinach a gadwyd yn dawel am ganrifoedd. Roedd trywydd amldroellog y Groes Naidd wedi ei arwain yn ôl i Gymru, a nawr, meddyliodd Dylan, edrychai'n debyg mai dim ond un cyrchfan arall oedd ar ôl i'w archwilio. Gwyddai mai dyma fyddai ei gyfle olaf i ddod o hyd i'r Groes, a'r cyfle olaf i gwblhau ymchwil Emyr; os na fyddai'r ogof yn datgelu rhywbeth o werth, mae'n debyg y byddai'n rhaid iddo dderbyn y ffaith bod cyfrinach y Groes Naidd wedi'i chladdu am byth gyda'i ffrind.

■

Eisteddodd Dylan ac Alanza ar ddarn gwastad o'r graig gan edrych allan i'r môr. Roedd y ddau'n falch o gael hoe ar ôl dringo i gopa Rhiwledyn, ac yn ddiolchgar am awel y môr ar eu hwynebau i leddfu rhywfaint ar y gwres. I bob cyfeiriad roedd golygfeydd hyfryd; ar ochr arall y bae gorweddai'r Gogarth fel sarff anferth yn gwthio'i ben i'r môr, tra cwtsiai tre Llandudno'n dynn rhwng y ddau benrhyn. Y tu ôl iddynt ymestynnai gwastadeddau gwyrddlas y berfeddwlad am filltiroedd lawer.

Roedd Iwan ap Dafydd wedi dangos llyfr iddyn nhw oedd yn disgrifio hanes yr ogof, ac wedi caniatáu iddynt wneud map o'r lleoliad, ynghyd â'r cyfeirnodau.

Yna, yn y swyddfa dwristiaeth yn Llandudno, cawsant gyfarwyddiadau ynglŷn â'r llwybr gorau i ddringo penrhyn Rhiwledyn. Yn ôl y map, roedd yr ogof yn agos at drwyn y penrhyn, ychydig i'r gorllewin a thua wyth deg troedfedd islaw pen y clogwyn. Er bod modd cyrraedd yr ogof, rhybuddiwyd Dylan ac Alanza i gymryd gofal ar y llethr serth oedd yn arwain at geg yr ogof. Roeddent yn ffodus nad oedd wedi bwrw glaw ers rhai dyddiau, felly byddai'r tir yn sych ac yn llai llithrig dan draed.

Ar ôl cerdded ar hyd pen y clogwyn a stopio bob hyn a hyn i edrych ar y map, daethant at y fan lle roedd yn rhaid iddynt ddechrau gwneud eu ffordd i lawr y dibyn. Arweiniodd Dylan y ffordd i lawr y graig yn ofalus a dilynodd Alanza yr un llwybr. Chwyrlïai'r gwylanod o gwmpas eu pennau, a daeth ambell un yn anghyfforddus o agos atynt wrth i'r adar geisio amddiffyn eu tiriogaeth. Roedd y tymor paru yn ei anterth, a'r clogwyni'n gartref i gannoedd o gywion bach llwglyd oedd yn disgwyl yn ddiamynedd am fwyd. Roedd Dylan wedi sylwi ar nifer o dyllau mawr yn y graig ar hyd y llwybr – a'r rheiny'n amlwg wedi eu ffurfio'n naturiol dros y canrifoedd yn y galchfaen – a phob tro y gwelai dwll, edrychai i mewn iddo yn y gobaith ei fod yn ymestyn ymhellach i'r graig. Ond yn amlach na pheidio, dim ond gweddillion hen nythod gwylanod oedd yno, a dim un arwydd bod yr un o'r tyllau yn ymagor ymhellach. Edrychodd Dylan i waelod y dibyn a gweld y traeth ymhell odditanynt. Oedodd am eiliad i gael ei wynt ato. Gallai weld nawr nad gor-ddweud oedd y rhybudd i fod yn ofalus – petai'n cymryd un cam gwag, byddai'n nos da arno. Trodd i wynebu Alanza y tu ôl iddo.

'Dwi'n meddwl ein bod ni'n agos iawn nawr. Allwn ni ddim mynd llawer pellach – mae'r graig yn rhy serth, mae'n rhaid bod yr ogof . . .'

Ar hyn, gwaeddodd Alanza gan bwyntio at ddarn o'r graig ychydig i'r dde o'r fan lle roeddent yn sefyll. 'Edrych fan'na! Ti'n gweld y twll?'

Hyd yn oed cyn i Dylan gyrraedd yno, roedd yn amlwg bod y twll hwn yn wahanol i'r rhai eraill. Roedd ceg yr agoriad yn fwy – rhyw ddwy droedfedd o led ac yn ddigon o faint i rywun fedru mynd i mewn iddo. Tynnodd Dylan ei fag oddi ar ei gefn ac estyn cwmpawd o un o'r pocedi. Aeth ar ei gwrcwd wrth geg y twll a gosod y cwmpawd ar gledr ei law. Edrychodd ar Alanza a gwelodd hithau'r cynnwrf yn ei lygaid. Roedd maint yr agoriad a'r ffaith fod ceg yr ogof yn wynebu'r gogledd yn cyfateb i'r disgrifiad yn y llyfr y dangosodd Iwan iddynt yn Aberystwyth. Edrychodd Dylan eto ar y teclyn bach yn ei law, a gweld fod y nodwydd yn pwyntio'n union i'r gogledd. Am eiliad, ni feiddiai Dylan gredu'r peth. Ai hon mewn gwirionedd oedd yr ogof a ddefnyddiwyd bedwar can mlynedd yn ôl gan William Davies – yr ogof fu'n cuddio cyfrinach y Groes Naidd am ganrifoedd? Ai dyma'r hyn y ceisiai Emyr ei ddatgelu cyn ei lofruddiaeth – ei fod wedi dod o hyd i leoliad y Groes Naidd, yma mewn twll yn y graig ar ochr clogwyn yn Llandudno?

Edrychodd Dylan ar Alanza, ond gwelodd ei bod hi eisoes wedi tynnu'i bag oddi ar ei chefn ac yn paratoi i benlinio o flaen mynedfa'r ogof. Yn amlwg, doedd dim amheuon gan Alanza, meddyliodd Dylan. Aeth yntau ar ei bedwar a dechrau cropian trwy'r twll.

Wrth i Dylan ac Alanza gropian ymhellach i mewn, roedd y golau'n gwanhau, ac i ychwanegu at yr anhawster, doedd yr ogof ddim yn ymledu digon iddynt fedru sefyll ynddi. Ond roedd hyn hefyd yn darbwyllo Dylan eu bod wedi dod o hyd i'r lle iawn; yn ôl y disgrifiad yn y llyfr, roedd gan yr ogof gyntedd isel, saith troedfedd o hyd, a hwnnw'n lledu wrth fynd ymhellach i mewn. Aethant yn eu blaenau gyda chryn anhawster, fodfeddi ar y tro, nes cyrraedd pen draw'r cyntedd. Hon oedd y foment dyngedfennol; pe bai'r ogof yn agor allan nawr, byddai Dylan yn hollol siŵr eu bod yn y lle cywir. Gwthiodd Dylan ei hun ar hyd y modfeddi olaf ac yn sydyn, synhwyrodd fod mwy o ofod o'i gwmpas. Cododd ei ddwylo i deimlo'r graig uwch ei ben, ond doedd dim byd yno. Yn araf bach, safodd ar ei draed. Daeth ton o ryddhad drosto ar ôl bod ar ei bedwar yn y cyntedd isel, ac anogodd Alanza i'w ddilyn. Ar yr un pryd, ymbalfalodd yn ei fag ac estyn torts ohono. Roedd un llafn bach o olau'n treiddio i mewn i'r ogof, o gyfeiriad y cyntedd, a dim ond stribed cul o'r llawr oedd wedi'i oleuo. Roedd gweddill yr ogof cyn ddued â simdde'n llawn huddug.

Chwifiodd Dylan y torts o'i gwmpas er mwyn taflu golau ar rannau eraill yr ogof. Ebychodd mewn rhyfeddod; safent mewn ogof fawr, tua'r un maint â stafell fyw gyffredin, gyda'r to yn cyrraedd uchder o ryw bedwar metr. Gwelodd Dylan unwaith eto fod y disgrifiad yn y llyfr yn gywir. Heb os, roeddent yn sefyll yn yr union fan lle argraffwyd y llyfr cyntaf erioed yng Nghymru.

Trodd at Alanza a dweud, 'Mae'n anodd credu ein bod ni yma! Ar ôl yr holl amser yn chwilio a chwalu – dyma ni . . . ogof William Davies! Pwy fase'n meddwl bod y fath le'n bodoli, jest o edrych ar y twll 'na y tu allan?'

Bu Alanza yn anghyffredin o dawedog ar y ffordd i mewn i'r ogof, ond nawr roedd ganddi rywbeth i'w ddweud. 'Ti'n iawn, mae'n wych, ond . . .'

Er na allai Dylan weld gwyneb Alanza yn glir, clywodd y petruster yn ei llais a thorrodd ar ei thraws.

'Ie, dwi'n gwybod beth wyt ti'n mynd i ddweud, a paid â phoeni, dwi 'di bod yn meddwl yr un peth hefyd. Un peth yw dod o hyd i'r ogof, ond mae dod o hyd i'r Groes yn fater arall. Ro'n i'n gofyn gormod i ddisgwyl ffindo'r crair yma. Ond, ti'n gwybod beth, petaen ni ddim wedi rhoi cynnig arni, pwy arall fydde wedi gwneud? Dwi 'di gwneud hyn i gyd dros Emyr, ti'n gwybod 'na, on'd wyt ti? Ac rwyt ti wedi bod yn gymaint o help, Alanza – alla i ddim diolch i ti ddigon.'

'Dwi'n meddwl y galla i fod o help i ti o hyd.'

'Beth? Sut? Oes gen ti syniadau ble bydde rhywun yn cuddio crair mewn ogof?'

'Nac oes, ond mae gen i syniad ble arall y galle fe fod.'

'Oes e? O ddifri?'

Yn y tywyllwch, ni allai Alanza weld y sioc ar wyneb Dylan, ond clywodd yn glir y syndod yn ei lais.

'Dylan, wyt ti'n cofio'r llyfr yn y gell yn Aberystwyth?'

'Y *Drych*? Wrth gwrs 'mod i! Pam?

'Wel, pan ddoist ti'n ôl i'r gell ar ôl bod gydag Iwan, wnest ti ddim holi am y geiriau oedd ar y dudalen olaf.'

Roedd Alanza'n iawn. Roedd e wedi anghofio'r cyfan am y geiriau Lladin. Ar ôl i Iwan ap Dafydd sôn am yr ogof yn Rhiwledyn, dim ond un peth oedd ar ei feddwl, sef mynd i Landudno i chwilio amdani. Fel hanesydd, teimlai Dylan ychydig o gywilydd am fod mor esgeulus.

'Dwi'n cael y teimlad dy fod ti'n gwybod ystyr y geiriau. Wyt ti?'

'Ydw. Edrych.'

Tynnodd Alanza ddarn o bapur o'i bag a daliodd Dylan y torts uwchben y geiriau er mwyn eu goleuo. Darllenodd, '*Veritatem invenies in hoc libro.*'

Ystyriodd Dylan am eiliad. 'Dwi'n gwybod beth yw ystyr *in hoc libro* – *yn y llyfr hwn*, ydw i'n iawn?'

'Perffaith,' atebodd Alanza, 'ac mae *veritatem invenies* yn golygu *gwnei di ddarganfod y gwirionedd.*'

Ailadroddodd Dylan y geiriau'n araf. 'Yn y llyfr hwn y gwnei di ddarganfod y gwirionedd.'

Clywodd y geiriau'n atseinio yn erbyn y muriau carreg, fel petai'r ogof ei hun yn pwyso a mesur ystyr cyfrin yr ysgrifen hynafol.

'Wyt ti'n meddwl bod awdur y geiriau'n awyddus i annog pobl i ddarllen y *Drych*, fel rhyw fath o hwb i'w ffydd nhw?'

Ddywedodd Alanza 'run gair. Dechreuodd Dylan deimlo'n anesmwyth; roedd distawrwydd Alanza'n hollol groes i'w chymeriad. Beth yn y byd oedd ar ei meddwl hi? Ystyriodd y geiriau eto, *yn y llyfr hwn y gwnei di ddarganfod y gwirionedd . . . y gwirionedd . . . y gwirionedd . . .* y gwir . . . y gwir! Trodd yn sydyn i wynebu Alanza.

'Dwyt ti ddim yn meddwl bod y *gwir* yn cyfeirio at y Wir Groes, wyt ti? Wyt ti'n meddwl bod rhywun wedi cuddio'r darn o'r groes yn y . . . yn y llyfr?'

Distawrwydd eto. Ond y tro hwn synhwyrodd Dylan fod y tawelwch yn awgrymu bod Alanza wedi dod i'r un casgliad ag yntau. Roedd meddwl Dylan yn llawn cyffro, ac ni allai atal y syniadau oedd yn rhaeadru drwyddo.

'Alanza, mae'n gwneud synnwyr, on'd yw e? Mae William Davies yn cael ei anfon i Gymru gan y Sbaenwyr, a chyn iddo gael ei ladd mae'n rhoi'r Groes Naidd a'i gopi o'r *Drych* i'w gyfeillion i'w helpu nhw i barhau i frwydro dros y ffydd. Wedyn, er mwyn diogelu'r crair, maen nhw'n ei guddio – nid mewn ogof dywyll, anodd ei chyrraedd, ond mewn rhywbeth fydde'n hawdd ei gario o gwmpas mewn poced a'i ddefnyddio yn eu cyfarfodydd dirgel. Alanza, ti'n werth y byd! Ond pam na soniaist ti'n gynt? Pam yn y byd oedd rhaid i ni ddod yr holl ffordd i'r ogof 'ma?'

'Wel, ro'n i'n gwybod dy fod ti'n awyddus i weld yr ogof – dwi'n dy nabod di'n rhy dda erbyn hyn. Ac mae'n gystal lle ag unman i ti gael ei weld.'

'Gweld? Gweld beth?'

'Hwn.'

Ar hynny, estynnodd Alanza rywbeth o'i bag a throdd Dylan oleuni'r torts i gael gweld beth oedd yn ei llaw. Bu bron iddo ollwng y torts ar y llawr mewn sioc. Aeth yn nes ati i wneud yn siŵr. Doedd dim amheuaeth. Roedd Alanza'n sefyll yno gyda gwên ar ei hwyneb – ac yn ei llaw dde roedd *Y Drych Cristianogawl*.

Pennod 17

NI WYDDAI DYLAN beth i'w ddweud. Safai yno yn y tywyllwch, yn rhythu ar yr unig beth oedd wedi'i oleuo yn yr ogof, sef y llyfr y bu'n ei ddarllen y diwrnod cynt yn Aberystwyth. Nid hwn oedd y lle ar gyfer llyfr o'r fath. Gwyddai mai dim ond pedwar copi o'r *Drych* oedd yn bodoli o gwbl, a phob un ohonynt yn cael eu gwarchod dan amodau arbennig yn rhai o brif lyfrgelloedd y byd. Doedd hyn ddim yn iawn.

'Alanza, beth ar wyneb daear wyt ti'n wneud? A sut yn y byd gest ti'r llyfr allan drwy system ddiogelwch y llyfrgell?'

'Cofia mai archifydd ydw i. Dwi'n gwybod yn iawn sut i gael llyfrau trwy systemau diogelwch.'

'Ond Alanza, mae'r llyfr yna'n gwbl amhrisiadwy! Mae'n eiddo i'r genedl gyfan. Dyw e ddim i fod mewn lle fel hyn. Beth taset ti'n ei golli fe?'

Tawodd yn sydyn. Roedd wedi meddwl am rywbeth arall.

'Os yw'r llyfrgell wedi sylweddoli bod hwn ar goll, mae'n siŵr bod yr heddlu yn chwilio amdanon ni y funud hon! Alanza, dwi'n gwybod 'mod i ar dân eisiau ffeindio'r Groes. Bydde hynny'n golygu'r byd i mi – a ddim i fi'n unig, ond i deulu Emyr hefyd. Ond mae'n rhaid i hyn gael ei wneud yn y ffordd iawn – ti'n gwybod hynny, on'd wyt ti? Os yw'r Groes y tu mewn i gloriau'r llyfr 'ma, mae'n rhaid i ni ddweud wrth yr awdurdodau cywir.'

'Dwyt ti ddim yn meddwl mai ti yw'r awdurdod cywir? Ar ôl dy holl ymdrechion i ddod o hyd i'r groes, fydde'n well gyda ti bod rhywun arall yn cael y fraint o fod y person cyntaf ers pedwar can mlynedd i roi ei ddwylo arni?'

'Wel, na . . . ond dyw hyn ddim yn iawn . . .'

'A paid â phoeni, allwn ni fynd â'r llyfr yn ôl cyn i neb sylwi ei fod e wedi diflannu.'

'Beth? Wyt ti'n credu o ddifri nad ydyn nhw ddim wedi sylwi?'

'Fe wnes i'n siŵr na fyddai'r peiriannau sganio'n medru dod o hyd iddo. Oni bai bod Iwan wedi mynd 'nôl i edrych ar y silff ar ôl i ni adael, does dim rheswm iddo wybod bod y llyfr wedi mynd.'

Cofiai Dylan nawr sut roedd Alanza wedi ymddwyn ar ôl iddo fynd yn ôl i'r gell ar ôl ceisio ateb yr alwad ffôn i fyny'r grisiau. Yn amlwg, roedd hi wedi bod yn brysur iawn yn ystod yr amser y buon nhw allan o'r stafell.

'Ti wedi meddwl am bopeth, ond wyt ti? Alanza, fedrwn ni ddim amharu ar y llyfr 'ma! Os ydyn ni'n iawn, mae beth bynnag sy tu mewn i'r llyfr yn drysor i'r genedl!'

'Mae beth bynnag oedd tu mewn i'r llyfr yn drysor i'r byd i gyd. Mae hawl gan bawb i'w weld e.'

Fedrai Dylan ddim credu ei fod yn y fath sefyllfa. Teimlai fod ei holl ymdrechion dros yr wythnosau diwethaf wedi cyrraedd uchafbwynt yma, yn yr union fan lle bu William Davies a'i gyfeillion yn cyfarfod ac yn cynllwynio, gyda sêl bendith brenin Sbaen. Mae'n rhaid bod y Groes wedi cael ei chludo i'r ogof hon sawl gwaith yn y cyfnod hwnnw, meddyliodd Dylan, ac yn sicr bu'r *Drych Cristianogawl* yma o'r blaen. Efallai'n wir mai'r ogof hon oedd y lle priodol i'r Groes ailymddangos wedi'r cyfan. Edrychodd Dylan ar y llyfr yn llaw Alanza. Na . . . fedrai e ddim! Nid oedd yn barod i amharchu'r llyfr yma. Byddai'n rhaid ei roi i'r bobl iawn i'w archwilio yn y ffordd gywir.

Yn sydyn, gwelwodd Dylan. Roedd rhywbeth ynglŷn â'r hyn ddwedodd Alanza wedi ei gynhyrfu.

'Ym . . . ddwedest ti jyst nawr . . . beth bynnag *oedd* tu mewn i'r llyfr?'

Edrychodd Alanza i fyw ei lygaid gan wenu.

'Alanza?'

Gwelodd Dylan fod Alanza wedi mynd i'w bag a gafael mewn pecyn bach plastig clir. Daliodd y pecyn o flaen ei wyneb ac agorodd llygaid Dylan led y pen wrth iddo sylweddoli beth oedd cynnwys y pecyn. Roedd mewn penbleth lwyr.

'Alanza, beth yn y byd . . . ? Gest ti hwnna o'r llyfr?'

'Roedd ein damcaniaeth yn gywir, on'd oedd hi?' meddai Alanza gan wenu.

Aeth Dylan yn nes ati. Ar unwaith, gorlifodd yr

holl emosiynau oedd wedi bod yn cronni ynddo ers wythnosau, byth ers y diwrnod ofnadwy hwnnw pan ddaeth o hyd i gorff Emyr yn ei swyddfa. Â dagrau yn ei lygaid, gafaelodd yn dyner yn y pecyn ac edrych mewn rhyfeddod ar y darn bach o bren y tu mewn iddo. Ni allai beidio â meddwl am yr holl bererinion oedd wedi ymgrymu'n ddefosiynol o flaen hwn ar hyd y canrifoedd. Roedd y darn bach yma o bren wedi newid cwrs hanes, ac yntau'n awr yn gafael mewn rhywbeth fu'n ysbrydoli pobl gyffredin a brenhinoedd ar hyd yr oesau, byth er pan oedd Iesu Grist yn troedio'r ddaear. Dyma beth roedd Emyr yn chwilio amdano a nawr, o'r diwedd, roedd y gwaith wedi'i gwblhau – roedden nhw wedi dod o hyd i un o drysorau mwyaf y genedl. Yn ei feddwl, clywai Dylan lais yr athro'n ei ganmol am ddal ati hyd y diwedd ac am ddilyn ei reddfau fel hanesydd trwy bob anhawster. Daeth teimlad o foddhad drosto o wybod ei fod wedi gwneud ei orau dros ei gyfaill.

Ond yna, edrychodd ar y llyfr yn llaw Alanza, ac ochneidio'n drwm wrth ystyried beth oedd wedi digwydd i'r *Drych Cristianogawl*. Gafaelodd yn y llyfr a dechrau archwilio'r difrod. Er mawr syndod iddo, gwelodd fod Alanza wedi llwyddo i guddio olion y torri'n gelfydd iawn, i'r graddau y byddai'n anodd iawn i rywun weld bod unrhyw beth o'i le. Yn amlwg, roedd arbenigedd Alanza mewn adfer hen lawysgrifau a llyfrau wedi bod o fantais fawr iddi yn y gwaith.

'Alanza, rwyt ti'n sylweddoli y bydd raid i ni ddweud y cyfan wrth awdurdodau'r llyfrgell, on'd wyt wyt ti?'

Wrth yngan y geiriau hyn, rhewodd yn ei unfan. O gornel ei lygad gwelai olau torts ar lawr yr ogof. Edrychodd i gyfeiriad Alanza, ond roedd ei thorts hi'n dal i oleuo'r crair yn ei ddwylo. Edrychodd Dylan ar y llawr unwaith eto. Roedd y pwll bach o olau'n symud yn araf tuag ato. Teimlodd Dylan y gwaed yn draenio o'i wyneb. Roedd rhywun arall yn yr ogof! Symudodd y golau ymlaen yn ara deg ar hyd y llawr nes cyrraedd ei draed, ac yna dechreuodd deithio ar hyd ei gorff. Glaniodd y pwll o olau'n union ar y crair oedd yn ei ddwylo.

Gwaeddodd Dylan, 'Hei! Pwy sy 'na? Dangoswch eich hunan!'

Distawrwydd llwyr. Meddyliodd Dylan am eiliad. Rhaid mai'r heddlu oedd yna – roedden nhw wedi cael gwybod bod y llyfr ar goll ac wedi dod i'r ogof ar ôl cael gair gydag Iwan ap Dafydd.

'Gwrandewch, mae'r llyfr yn berffaith ddiogel, a bydd modd ei adfer yn llwyr! Ddylen ni ddim fod wedi mynd ag e . . .'

Eto, ddaeth dim ateb. Roedd hyn wedi mynd yn rhy bell, meddyliodd Dylan. Roedd yn barod i gydweithredu gyda'r heddlu pe baen nhw'n rhoi cyfle iddo.

'Alanza, tro'r golau draw fan'na, i ni gael gweld pwy sy 'na . . . Alanza?'

Atebodd Alanza ddim, ac ni symudodd ei thorts.

Yn lle hynny, cymerodd gam ymhellach oddi wrtho. Teimlodd Dylan ias oerllyd yn treiddio i fêr ei esgyrn. Tynhaodd gewynnau ei gorff a theimlai ei draed yn glynu wrth lawr yr ogof. Symudodd y pwll o olau oddi ar y crair, yna dechreuodd deithio i fyny'i gorff, ar hyd ei frest a'i wddf, at ei wyneb, a glanio ar ei lygaid. Dallwyd Dylan yn syth, a throdd ei ben i osgoi'r goleuni. Pob tro y codai ei ben i geisio gweld pwy oedd yno, deuai'r golau'n ôl i'w ddallu.

Yna, clywodd lais dyn o ben draw'r ogof, 'Rho'r groes i Alanza.'

Clywodd Dylan y gair *Alanza* yn atseinio o gwmpas muriau'r ogof. Gyda phob atsain, hoeliwyd y gair yn ddyfnach yn ei ben. Ceisiodd edrych ar Alanza, ond dallwyd ef gan y golau unwaith eto. Ni allai wneud unrhyw synnwyr o'r hyn oedd yn digwydd. 'R'ych chi'n nabod eich gilydd . . . Alanza?' meddai, yn methu credu'r fath beth.

'Dylan, rho'r groes i mi.'

'Beth sy'n digwydd, Alanza? Dwyt ti erioed yn nabod y dyn 'ma, wyt ti?'

'Jest rho'r groes iddi,' meddai'r llais eto.

Nawr, dechreuodd y niwl ym mhen Dylan glirio ychydig. Ar ôl clywed y llais yr eilwaith, teimlai'n sicr mai hwn oedd y llais oedd wedi ei fygwth wrth iddo aros am y trên yn yr orsaf yn Llundain. Roedd y syniad bod Alanza'n nabod y dyn yn gwneud iddo deimlo'n sâl.

'Alanza, plîs dweda wrtha i beth sy'n digwydd!'

'Dylan, mae'n ddrwg gen i . . . gwell i ti roi'r crair i mi.'

'Ond . . . pam . . . dwi ddim yn deall . . .'

Cyn iddi gael cyfle i ymateb, daeth llais y dieithryn o'r tywyllwch, 'Pa mor werthfawr yw'r crair yna i ti?'

'I mi? Mae e'n drysor – i'r genedl gyfan! Mae'n bwysig ein bod ni wedi dod o hyd iddo, er mwyn fy ffrind. Pwy sy 'na? Pwy sy'n siarad? Dangoswch eich hun!'

'A! Dy ffrind. Ie, trueni mawr amdano fe – ffŵl oedd e. Roedd e wedi gwirioni gymaint â'r Groes fel nad oedd e'n gallu gweld unrhyw beth arall yn glir. Ry'ch chi academyddion i gyd yr un peth. Ti'n gweld, mae 'na wahanol fathau o ddeallusrwydd ac mae pobl glyfar iawn yn aml yn gallu bod yn hynod dwp hefyd. Yn anffodus, roedd dy ffrind yn un o'r rhai hynny. Rhoddais i sawl rhybudd iddo – fe wnes i hyd yn oed gynnig arian mawr i'w gadw'n dawel, ond fel rwyt ti'n gwybod nawr, doedd e ddim yn barod i wrando . . .'

Teimlodd Dylan y chwys yn cronni ar ei dalcen. Roedd geiriau olaf y dieithryn wedi ei drywanu fel cyllell.

'Chi? Chi . . . chi laddodd Emyr?' sibrydodd.

Ni chafodd ateb. Cythruddwyd Dylan gan dawelwch y dieithryn, a gwaeddodd nes bod yr ogof yn diasbedain, 'Y cythrel! Y cythrel! Fydde Emyr byth yn gwerthu'r Groes Naidd er mwyn elwa'n bersonol . . .'

Ceisiodd Dylan godi'i ben, ond roedd disgleirdeb y golau'n ei orfodi i wynebu'r llawr.

'Paid â chynhyrfu. Mae Alanza wedi dweud wrtha

i pa mor ddeallus wyt ti – mwy deallus na dy ffrind, gobeithio. Mae'n rhaid i mi dy longyfarch am arwain y ffordd at y Groes Naidd . . . rwyt ti ac Alanza wedi bod yn dîm da. Ond nawr bod yr helfa wedi dod i ben, mae'n bryd i ni drafod busnes . . .'

'Busnes? Beth y'ch chi'n feddwl, *busnes*? Dwi ddim yn mynd i drafod unrhyw beth!'

'Dwi ddim yn meddwl dy fod ti wedi deall yn iawn.'

Ar hyn, symudwyd y golau oddi ar wyneb Dylan a chamodd perchennog y llais o'r cysgodion ym mhen draw'r ogof. Cymerodd rai eiliadau i lygaid Dylan addasu, ac yn raddol gwelodd ffurf dynol yn dod i'r golwg ychydig droedfeddi o'i flaen. Gwyddai, o lais a chorffolaeth y dieithryn, mai hwn oedd y dyn y cyfarfu ag e yn Neuadd y Dilledyddion. Roedd meddwl Dylan wedi bod yn gorweithio ers amser wrth iddo geisio gwneud synnwyr o'r hyn oedd yn digwydd, ac yn raddol dechreuodd y gwirionedd poenus wawrio arno. Teimlai fel ffŵl. Roedd ei berthynas gydag Alanza wedi datblygu mor rhwydd – sut nad oedd wedi gweld bod hynny'n beth od? Ond cyn iddo gael cyfle i feddwl am atebion, sylwodd ar rywbeth a berodd i'w waed oeri. Yng ngolau egwan yr ogof, gwelodd Dylan fod y dieithryn yn dal gwn, a'r baril wedi'i anelu'n syth ato.

'Mae Alanza'n fenyw arbennig, dwyt ti ddim yn cytuno? Roedd rhaid i ni ddyfeisio ffordd i chi'ch dau gwrdd â'ch gilydd. Roedd ein hymchwil i'th fywyd personol yn dangos mai hi fyddai'r un berffaith i gydweithio â ti. Ti'n gweld, roedden ni'n gwybod yn iawn lle roedd bedd Thomas Howell, ond doedd dim syniad gyda ni beth oedd ystyr y geiriau arno . . .'

Meddyliodd Dylan am y diwrnod crasboeth hwnnw yn Seville pan fu ar drywydd bedd y Cymro. Deallai erbyn hyn pam roedd yr hen ŵr yn y fynwent wedi bod mor groesawgar. Ond roedd Dylan mewn penbleth o hyd.

'Chi oedd y dyn yn yr orsaf yn Llundain . . . a chi oedd yn Neuadd y Dilledyddion hefyd?' holodd.

'Wrth gwrs.'

'Pam felly wnaethoch chi fy rhybuddio i gadw draw? Dyw e ddim yn gwneud synnwyr!'

'Fel dwedes i, ry'n ni wedi gwneud ein hymchwil. Roedden ni'n gwybod, pe bawn ni'n dy rybuddio i gadw draw, y byddet ti'n llyncu'r abwyd – ac ry'n ni'n ddiolchgar iawn i ti am dy chwilfrydedd. Oni bai am dy ddyfalbarhad di, fydden ni ddim wedi llwyddo i ddod o hyd i'r Groes. Ti'n gweld, mae seicoleg yn rhywbeth diddorol iawn, dwyt ti ddim yn cytuno?'

'Pam yn y byd y'ch chi'n gwneud hyn? Dwi ddim yn deall . . .'

'Fel hanesydd, fe ddylet ti ddeall. Dylet ti wybod bod y darn 'na o bren yn dy law di'n rhywbeth eitha arbennig, yn un o'r ychydig greiriau y gellir olrhain ei hanes â chryn sicrwydd yn ôl i gyfnod cynharaf Cristnogaeth. Mae pobl wedi bod yn chwilio amdano am ganrifoedd – pobl bwysig, gwladweinwyr, brenhinoedd. Heddiw, mae pobl eraill yn chwilio amdano – pobl bwerus sy'n awyddus i ddiogelu creiriau pwysicaf y ffydd a'u cadw i'w dibenion eu hunain . . .'

'Pobl bwerus? Pa bobl? Am bwy y'ch chi'n sôn?'

'Cymdeithasau dirgel – rhai ohonynt yn gyfarwydd i arweinwyr crefyddol, rhai ddim. Ond mae un peth yn gyffredin i bob un ohonyn nhw – dy'n nhw ddim yn brin o arian. A dyna, ti'n gweld, yw'r sefyllfa orau i ni, oherwydd yn ogystal â'r cymdeithasau sy'n awyddus i ddiogelu'r creiriau, mae rhai eraill yn benderfynol o gael eu dwylo arnynt er mwyn eu difa am byth – er enghraifft, mae 'na gymdeithas Islamaidd yn Andalucía sydd wedi bod ar drywydd y Groes Naidd ers blynyddoedd. A nawr, fe allwn ni gyflwyno'r crair i ba gymdeithas bynnag sy'n . . . sut galla i ddweud . . . sy'n rhoi'r cynnig gorau i ni.'

'Beth!'

'O, maddau i mi – dylwn fod wedi egluro'n gynt! Fel arwydd o werthfawrogiad ry'n ni'n barod i rannu rhywfaint o'r elw gyda ti, ar yr amod wrth gwrs nad oes neb yn dod i wybod am hyn . . .'

'Paid â trio hynny gyda fi! Mae'n siŵr mai dyna ddwedaist ti wrth Emyr! Gwerthu'r Groes Naidd a wynebu'r posibilrwydd o'i cholli am byth, a derbyn dy arian brwnt di fel gwobr?'

'Tria feddwl yn gall am eiliad. Rho heibio dy het academaidd ac ystyried y ffeithiau moel. Fe allen ni i gyd elwa o hyn. Dy'n ni ddim yn sôn am geiniogau, ond am filoedd – miliynau – o bunnau, a'r cyfan sy'n rhaid i ti ei wneud yw derbyn ein cynnig a rhoi'r Groes i ni.'

Trwy gydol yr amser y bu'n siarad, roedd y dieithryn wedi bod yn anelu'r gwn tuag at Dylan. Gwyddai yntau fod y dyn o ddifrif, ac roedd yr atgof hunllefus am lofruddiaeth Emyr yn ddigon i'w argyhoeddi o'r hyn y gallai'r gŵr hwn ei wneud. Hyd yn oed pe bai'n cytuno i roi'r crair iddo, sut y gallai fod yn siŵr na fyddai'n troi arno? Ni feiddiai dynnu'i lygaid oddi ar y gwn. Os oedd unrhyw ffordd o gael gafael arno neu o gael y dieithryn i'w ollwng, roedd yn rhaid ceisio meddwl yn glir. Yna, edrychodd i lawr. Roedd torts Alanza'n dal i oleuo'r crair yn ei law, ac roedd y llyfr yn ei law arall. Trwy gornel ei lygaid, ychydig droedfeddi i'r chwith o'r fan lle roedd yn sefyll, gwelai lafn o olau gwanllyd yn treiddio i mewn i'r ogof o'r tu allan. Pe byddai'n llwyddo i gyrraedd y cyntedd isel cyn i'r dieithryn gael cyfle i ymateb yn ddigon cyflym, efallai y gallai ddianc o'r ogof gyda'r Groes yn ei feddiant.

Yn sydyn, teimlodd Dylan yr adrenalin yn pwmpio trwy'i wythiennau. Fel fflach, taflodd y llyfr i gyfeiriad y dieithryn, ac yn yr hanner eiliad y cymerodd hwnnw i osgoi'r ergyd anelodd Dylan am agoriad y cyntedd. Wrth iddo ddisgyn ar ei bedwar er mwyn gwasgu trwy'r agoriad, bwrodd ei droed yn erbyn carreg ar lawr anwastad yr ogof a chwympodd ar ei hyd gan daro'i ben ar wal yr ogof uwchben y twll. Cododd ei ben yn araf, gan ofni'r hyn oedd i ddod.

Roedd llais hamddenol y dieithryn wedi newid yn llwyr.

'Y ffŵl twp! R'on i'n gobeithio y byddet ti'n gallach! Nawr, does dim dewis . . .' ysgyrnygodd.

Cododd y dyn y gwn a'i anelu at y llawr lle roedd Dylan yn gorwedd mewn poen. Yn sydyn, sgrechiodd Alanza, 'Na! Na! Wnest ti addo! Does dim rhaid ei ladd – mae'r Groes gyda ni nawr! Wnaiff e ddim siarad, dwi'n ei nabod e . . . plîs!'

Ni ddywedodd y dyn air, ond torrwyd ar y tawelwch gan sŵn y gwn yn cael ei baratoi. Caeodd Dylan ei lygaid a wynebu'r llawr. Clywodd yr ergyd . . . a chlywodd sgrech. Yng ngwagle cyfyng yr ogof, roedd y sŵn yn fyddarol. Arhosodd yno am eiliad, yn disgwyl y boen. Ond yr unig boen a deimlai oedd yr un yn ei ben. Mentrodd agor ei lygaid, ond ni allai dim ei baratoi ar gyfer yr hyn a welodd nesaf. Yn gorwedd yn ei ymyl roedd corff llonydd Alanza. Yn ei hymgais i berswadio'i ffrind i arbed bywyd Dylan, roedd hi wedi camu rhyngddynt ar yr eiliad anghywir, ac wedi talu'r pris eithaf. Roedd Dylan wedi'i barlysu'n llwyr gan yr olygfa erchyll o'i flaen, a rhythai'n gegagored ar y pwll du o wallt tonnog oedd wedi'i sarnu ar lawr.

Wrth geisio'i orfodi'i hun i dynnu ei lygaid oddi ar y llanast o'i flaen, gwelodd Dylan y dieithryn yn sefyll yno, ei law yn dal i afael yn y gwn. Roedd y sioc ar wyneb hwnnw'n ddigon i argyhoeddi Dylan bod ei feddwl ar chwâl. Heb oedi, ymbalfalodd Dylan ar ei bedwar ar hyd y llawr a phlymio drwy'r twll oedd yn arwain at y cyntedd. Rhwygwyd ei drowsus, a thorrwyd y croen ar ei bengliniau a'i ddwylo wrth iddo grafangu'n wyllt ar hyd y coridor isel. Gallai weld golau dydd ym mhen draw'r twnnel wrth i'r agoriad ddod yn nes ac yn nes o hyd. Ni feiddiai edrych yn ôl; roedd ei lygaid wedi'u hoelio ar y ddihangfa oedd o fewn ei gyrraedd. Ond yna, clywodd sŵn y tu ôl iddo. Roedd y dieithryn wedi dod ato'i hun ac wedi gwallgofi'n llwyr ar ôl sylweddoli beth oedd wedi digwydd. Clywodd Dylan ei lais gorffwyll yn sgrechian ac yn melltithio y tu ôl iddo, ond roedd Dylan bron â chyrraedd y fynedfa. Un gwthiad arall, a llwyddodd i stwffio'i ben trwy'r agoriad gan dynnu'i gorff y tu ôl iddo.

Plannodd ei draed ar y ddaear y tu allan ac edrych i fyny ar y clogwyn uwch ei ben. Doedd dim amser i feddwl pa un fyddai'r ffordd orau o fynd yn ôl, felly neidiodd â'i holl nerth at ochr y clogwyn gan ddefnyddio'i ddwylo i afael yn unrhyw beth allai ei helpu i ddianc o hunllef y twll du islaw. Roedd llais ynfyd y dieithryn yn swnio'n uwch erbyn hyn, a synhwyrodd Dylan fod y llofrudd yn agosáu. Ond ni allai dynnu'i lygaid oddi ar y clogwyn i edrych y tu ôl iddo – roedd yn rhaid iddo ganolbwyntio'n llwyr ar y dringo. Yn sydyn, clywodd lais y dieithryn yn glir fel cloch. Roedd newydd ddod allan o'r ogof, a safai ger y fynedfa'n rhegi a bytheirio ar dop ei lais. Gorfododd Dylan ei hun i edrych dros ei ysgwydd. Rhyw ugain troedfedd islaw, gwelodd y dieithryn yn edrych i fyny ato, y gwn yn ei law o hyd wrth iddo brysuro i'w ddilyn i fyny'r graig. Ond gyda'r gwn yn ei afael, ni allai ddefnyddio'i ddwy law i'w dynnu'i hun i fyny'n ddigon cyflym. Yn ei wylltineb, roedd yn dringo ac yn llithro'n ôl bob yn ail, a'i dymer yn gwaethygu bob eiliad.

Prysurodd Dylan yn ei flaen, a chlywai'r dihiryn oddi tano'n rhegi ac yn bustachu yn ei rwystredigaeth. Ond yn sydyn, pallodd y rhegi, a chlywodd Dylan sgrech a'i dychrynodd i'w berfedd. Edrychodd i lawr y dibyn, a gweld y dieithryn yn colli'i afael ar y graig ac yn syrthio'n ôl oddi ar y clogwyn, ei ddwylo a'i freichiau'n ymestyn i fyny ac yn crafangu'r awyr mewn ymgais ofer i'w arbed ei hun. Yna, chwalwyd y distawrwydd gan ergyd gwn ... ffarwél olaf y gŵr wrth iddo blymio i'w dranc ar greigiau didrugaredd penrhyn Rhiwledyn.

Pennod 18

Safai Dylan ger ffenest fawr yn un o stafelloedd cyfarfod adeilad y Senedd ym Mae Caerdydd. O'i flaen, â'i gefn at y ffenest, safai Llywydd Llywodraeth Cymru. Yr ochr arall i'r gwydr gwelai Dylan nifer o ymwelwyr yn y cyntedd, yn mwynhau'r arddangosfa gelf oedd wedi bod yno dros gyfnod yr haf. Doedd y Llywydd ddim wedi tynnu'i lygaid oddi ar wyneb Dylan ers iddo ddechrau egluro pam roedd wedi gofyn am gael y cyfarfod hwn.

Roedd golwg syn ar wyneb y Llywydd gan fod Dylan newydd olrhain hanes cythryblus y Groes Naidd, ac egluro sut roedd y crair wedi dod i'w feddiant ychydig dros fis yn ôl. Esboniodd Dylan sut y bu dan amheuaeth o lofruddiaeth byth ers i ddau gorff gael eu darganfod ar benrhyn Rhiwledyn yn Llandudno rai wythnosau'n ôl. Roedd Dylan wedi mynd at yr heddlu o'i wirfodd, a dweud y cyfan wrthynt am y digwyddiadau trychinebus yn yr ogof. Cafodd ei gymryd yn syth i'r ddalfa, ei gadw yno am dridiau, a'i holi'n dwll am ei gysylltiad â'r ddau a fu farw, ac am bob agwedd o'i fywyd personol.

Roedd wedi dianc rhag un hunllef ac wedi glanio ar ei union mewn hunllef arall. Yna, wrth i fwy a mwy o dystiolaeth gael ei dadorchuddio, gollyngwyd un cyhuddiad ar ôl y llall tan i'r heddlu sylweddoli yn y pen draw nad oedd Dylan wedi cyflawni unrhyw drosedd. Yn sicr, doedd dim sail o gwbl i unrhyw gyhuddiad o lofruddiaeth, ac ar ôl astudio ffilm y camerâu cylch-cyfyng yn y Llyfrgell Genedlaethol, bu'n rhaid i'r heddlu ollwng hyd yn oed y cyhuddiad mai ef oedd wedi dwyn y llyfr gwerthfawr. Mynegodd Prif Gwnstabl Heddlu Gogledd Cymru y farn nad oedd erioed wedi dod ar draws achos mwy rhyfedd yn ystod ei ddeng mlynedd ar hugain o wasanaeth. Fodd bynnag, roedd wrth ei fodd bod yr achos wedi arwain at gydweithredu â Heddlu De Cymru, a hynny wedi arwain at ddatrys achos yr Athro Hanes a lofruddiwyd ym Mhrifysgol Caerdydd dri mis ynghynt.

Er syndod i Dylan, ac er gwaetha'r holl sesiynau holi, ni holodd yr heddlu fawr ddim am y crair ei hun. Cafodd yr argraff mai ystyriaeth eilradd oedd y Groes Naidd iddynt; yn naturiol, roedd llawer mwy o ddiddordeb gan yr heddlu yn y cysylltiad rhwng y digwyddiadau yn Llandudno a'r llofruddiaeth yng Nghaerdydd.

Pan ddywedodd Dylan bod y crair yn dal yn ei feddiant, roedd yr heddlu'n ddigon di-hid. Bu'n rhaid iddo weithio'n galed i'w ddarbwyllo bod y darn bach o bren yn arteffact o bwysigrwydd hanesyddol, crefyddol a diwylliannol. O'r diwedd, cysylltodd yr heddlu â'r Llyfrgell Genedlaethol i'w hysbysu am y darganfyddiad, a chyda'u caniatâd hwy, anfonwyd y Groes Naidd i'r Amgueddfa Genedlaethol er mwyn i'r sefydliad hwnnw gychwyn ar y broses o'i gwirio.

Y peth cyntaf wnaeth Dylan ar ôl cael ei ryddhau

o'r ddalfa oedd mynd i weld Jenny, gwraig Emyr, yng Nghaerdydd. Er ei bod yn dal i alaru ar ôl ei gŵr, roedd y newyddion bod Dylan wedi cwblhau ei waith ymchwil wedi cael cryn effaith arni; teimlai ryw gysur dwfn o wybod bod ffrind ei gŵr wedi gwneud cymaint drosto, a gwyddai y byddai Emyr wrth ei fodd gyda'r hyn roedd Dylan wedi'i gyflawni. Cytunodd y ddau y dylai Dylan, yng nghyflawnder yr amser, ailafael yn ymchwil yr athro, a bwrw ymlaen i'w gyhoeddi dan enw'r ddau ohonynt. Roedd Jenny'n hollol sicr mai dyna fyddai dymuniad ei gŵr.

Yn ychwanegol at eu diddordeb yn y marwolaethau, roedd gan y cyfryngau ddiddordeb mawr yn y stori anhygoel am y darlithydd ifanc o Gaerdydd oedd wedi darganfod trysor cenedlaethol a fu ar goll am ganrifoedd – trysor a oedd bellach yn ôl ym meddiant y Cymry. Yn sydyn, taflwyd Dylan i ganol ffau o gyhoeddusrwydd, gyda'r cyfryngau'n chwilota am unrhyw wybodaeth ynghylch ei berthynas ag Alanza, y llofrudd a'r Athro Emyr James. Ond tra oedd corwynt o gyhoeddusrwydd yn bygwth Dylan o'r tu allan, doedd hynny'n ddim o'i gymharu â'r storm o emosiynau oedd yn ei gorddi'n fewnol. Roedd yn ei chael yn anodd, os nad yn amhosib, i dderbyn y ffaith bod y ferch y meddyliai amdani fel cariad iddo wedi bod yn cynllwynio y tu ôl i'w gefn i ddod o hyd i'r Groes Naidd. Yn fwy na hynny, bu'n cydweithio â lleidr a llofrudd proffesiynol oedd yn adnabyddus i Interpol, yr heddlu rhyngwladol. Mae'n debyg bod tîm bach o ladron wedi bod yn dwyn creiriau ers deng mlynedd, ac roedd Alanza wedi cael ei chyflogi ganddynt er mwyn manteisio ar ei safle fel archifydd i gael mynediad i sefydliadau oedd yn gwarchod rhai o drysorau mwyaf gwerthfawr y byd. Un o'r pethau fu'n ddirgelwch mawr i Interpol oedd sut yn union y llwyddodd y tîm i gael mynediad cymharol rwydd i'r sefydliadau hyn, ond roedd arweinydd y lladron wedi deall yn fuan iawn gymaint o gaffaeliad oedd Alanza, wrth iddi ddangos ei gallu i agor drysau caeëdig trwy gyfrwng ei doniau arbennig fel menyw atyniadol. Ond doedd y datgeliadau hyn yn ddim help o gwbl i Dylan ddygymod â'i deimladau o golled a gofid bob tro y meddyliai am Alanza ac am Emyr.

Roedd yr amgylchiadau erchyll adeg darganfod y crair yn ychwanegu at hynodrwydd y stori, ac wrth i fwy a mwy o fanylion ddod i'r wyneb roedd y cyfryngau yng Nghymru a Lloegr yn gyforiog o'r hanes am wythnos gyfan. Cawsai'r achos gryn sylw yn Sbaen hefyd, a chrëwyd cyffro mawr oddi mewn i'r gymuned grefyddol yn Rhufain. Roedd unrhyw newyddion am greiriau sanctaidd yn sicr o ennyn diddordeb arweinwyr yr Eglwys Gatholig yn y Fatican, a chafwyd datganiad gan y Pab yn mynegi ei gyffro personol o glywed am y darganfyddiad.

Siglwyd y byd hanesyddol i'w seiliau gan y datblygiadau annisgwyl wrth i'r farn gyffredin ynghylch y Groes Naidd gael ei chwalu. Credid fod y crair wedi cael ei ddifa yn yr unfed ganrif ar bymtheg gan y dryllwyr delwau hynny oedd yn ceisio glanhau arferion crefyddol y cyfnod o bob tuedd Gatholig. Rhyfeddwyd haneswyr mwyaf blaenllaw Cymru gan yr wybodaeth fod y Groes Naidd wedi treulio cyfnodau yn Seville a Madrid cyn iddi gael ei hanfon i Gymru gan frenin Sbaen bedair canrif a hanner yn ôl. Mewn amrantiad, dyrchafwyd Thomas Howell a William Davies o'u safleoedd distadl yn y llyfrau hanes i enwogrwydd eithriadol; bellach, nid masnachwr ac offeiriad di-sylw o gyfnod y Tuduriaid oeddynt, ond arwyr cenedlaethol oedd wedi mentro popeth i ddiogelu un o drysorau amhrisiadwy cenedl y Cymry.

Tra oedd y Groes Naidd yn nwylo'r arbenigwyr yn yr Amgueddfa, bu Dylan yn poeni am ei dyfodol unwaith y byddai'r gwahanol awdurdodau'n dechrau ar y broses hirfaith o benderfynu beth i'w wneud â hi. Felly penderfynodd gysylltu â Llywydd y Cynulliad: efallai y byddai modd i hwnnw roi ei bwysau y tu ôl i syniad Dylan o gadw'r Groes Naidd yng Nghymru. Wedi'r cyfan, meddyliodd Dylan, pa le gwell i ofyn am help – y sefydliad oedd yn cynrychioli awdurdod pobl Cymru, ac etifedd i frenhiniaeth a llywodraeth Llywelyn ap Gruffydd?

Trodd y Llywydd at Dylan, a gwelodd yntau ar unwaith fod y gwleidydd wedi cael fflach o ysbrydoliaeth.

'Dylan, os llwyddwn ni i gadw'r Groes Naidd yng Nghymru, mi wn i am y lle perffaith ar ei chyfer. Tyrd gyda fi!'

Arweiniodd y Llywydd y ffordd trwy'r adeilad nes

iddynt gyrraedd un o'r drysau oedd yn arwain i'r Siambr. Aeth y ddau i mewn. Edrychodd Dylan o gwmpas yr ystafell drawiadol a cheisio dyfalu beth oedd gan y gwleidydd mewn golwg. Yng nghanol yr ystafell gron gwelodd y corn anferth oedd yn debyg i simdde fawr ac yn union o dan hwnnw roedd cylch mawr o wydr lliwgar wedi'i osod yn y llawr pren. Cofiodd Dylan mai *Calon Cymru* oedd yr enw ar y darn yma o gelfyddyd. Dilynodd Dylan y Llywydd ar draws llawr y Siambr gan aros am ychydig yng nghanol y stafell i edmygu'r gwaith celf wrth eu traed.

'Wyt ti erioed wedi gweld y byrllysg?' holodd y Llywydd.

'Y beth?'

Doedd gan Dylan ddim syniad at beth roedd y gwleidydd yn cyfeirio.

'Y byrllysg, neu'r *mace* fel mae'r Saeson yn ei alw. Wyddost ti, y ffon seremonïol sy'n cynrychioli awdurdod y Cynulliad. Mae 'na un cyffelyb yn San Steffan yn Llundain, ond mae'r un sy ganddon ni'n well!'

Gwelodd Dylan yr olwg chwareus yn ei lygaid, a chwarddodd y ddau am ben ei sylw crafog. Gyda Dylan yn cerdded wrth ei ochr, anelodd y Llywydd am y gadair lle'r arferai eistedd pan fyddai'r aelodau i gyd yn ymgynnull bob dydd Mawrth a dydd Mercher yn ystod y tymor cyfarfod. Ond arhosodd y Llywydd ychydig bellter o flaen y gadair a phwyntio at gynnwys blwch gwydr mawr. Ynddo gwelodd Dylan ffon euraid, rhyw fetr a hanner o hyd, gyda choron ar un pen iddi a dreigiau wedi'u cerfio ar y goron ac ar goes y ffon ei hun. Roedd yn ddarn hyfryd o grefftwaith cwbl unigryw.

'Dyma'r byrllysg. Mae hanes go ddiddorol iddo, Dylan. Anrheg yw e oddi wrth bobl Awstralia. Pan agorwyd y Senedd, anfonwyd y byrllysg i Gaerdydd gan lywodraeth New South Wales, i gofio am y cysylltiadau rhyngddyn nhw a ni yma yng Nghymru. A deud y gwir, dwi'n hoff iawn ohono, a phob tro dwi'n edrych arno mae'n f'atgoffa i o ba mor bell mae'r Cymry wedi cyrraedd o ran eu hunaniaeth. Mae'r byrllysg yn symbol o hynny. Beth wyt ti'n feddwl o'r syniad o gadw'r Groes Naidd y tu mewn i'r byrllysg? Dwi'n weddol sicr y byddai hynny'n bosib.'

Doedd awgrym y Llywydd ddim yn apelio at Dylan. Am ganrifoedd, cafodd y Groes Naidd ei chadw mewn rhywbeth tebyg – llestr wedi ei lunio o fetalau drudfawr. Roedd hi hefyd wedi cael ei chadw mewn llefydd anrhydeddus iawn – capel St. George yn Windsor, Abaty Westminster yn Llundain ac eglwys yr Escorial ym Madrid. Ond, yn y mannau hynny, roedd y Groes Naidd wedi bod yn weladwy ac o fewn cyrraedd pobl gyffredin. Mynegodd ei bryder wrth y Llywydd.

'Dwi'n gallu gweld synnwyr mewn cadw'r Groes yn y Senedd, ond . . . i mewn yn y byrllysg? Yn y gorffennol roedd hi'n cael ei chadw yng ngolwg y cyhoedd, lle byddai pobl gyffredin yn gallu ei gweld a chael rhyw fath o gysur o'i phresenoldeb. Tasai'r Groes Naidd yn cael ei rhoi i mewn yn y ffon yma, fyddai neb yn ei gweld hi.'

'Weithiau, mae'n gallach peidio tynnu gormod o sylw at bethau. Mae rhai carfannau'n gallu bod yn reit ymfflamychol,' meddai'r Llywydd yn awgrymog. 'Ond byddai ysgolheigion fel ti'n gwybod ei bod hi yno, ac wrth gwrs byddai swyddogion y Cynulliad yn gwybod am ei bodolaeth. Ac efallai, rhyw ddydd, y daw'r amser i'w harddangos mewn man mwy cyhoeddus.'

'Ie, ond . . .'

'Dylan, hanesydd wyt ti – a gwleidydd ydw i. Dy'n ni ddim eisiau i'r byd i gyd feddwl ein bod ni'r Cymry yn rhoi cymaint o bwys ar ddarn bach o bren. Byddai hynny'n creu argraff gamarweiniol ohonon ni, dwyt ti ddim yn meddwl? Mae'r Groes Naidd yn perthyn i gyfnod tra gwahanol . . . i'r Canol Oesoedd. Mae'r byd wedi newid. Mae Cymru wedi newid.'

Caerdydd, chwe mis yn ddiweddarach

Gorffwysodd Dylan yn ôl ar y soffa ledr ac estynodd am y copi o *Golwg* oedd ar y ford fach wrth ei ymyl. Darllenodd y prif benawdau gan droi'r tudalennau'n hamddenol. Yna gwenodd: yno, ar dudalen tri, gwelodd y stori y bu'n chwilio amdani.

Crair Sanctaidd Cymreig yn ôl yng Nghymru

gan Dafydd Oakley,
ein Gohebydd Materion Cymreig

Ddoe, cyhoeddodd Amgueddfa Genedlaethol Caerdydd fod y darn o bren a adwaenir fel y Groes Naidd yn dyddio o'r ganrif gyntaf Oed Crist. Datganodd Dr Aled Richards, Ceidwad yr Adran Archaeoleg, fod y pren olewydd yn debyg iawn i'r math a ddefnyddid i groeshoelio carcharorion arno ym Mhalesteina yn y ganrif gyntaf oc. Mae'r profion a wnaed ar y pren yn cadarnhau ei fod yn perthyn i gyfnod Iesu Grist.

Y Groes Naidd yw un o greiriau mwyaf sanctaidd Ewrop, a honnir ei bod yn wreiddiol yn rhan o'r Groes y croeshoeliwyd Iesu Grist arni. Ar un adeg bu'r crair ym meddiant Llywelyn ap Gruffydd, Llywelyn ein Llyw Olaf. Ar ôl ei farwolaeth ef yn 1282, rhoddodd un o filwyr Llywelyn y Groes i Edward I o Loegr, a derbyniodd glogyn ac ysgoloriaeth i Brifysgol Rhydychen gan y brenin yn dâl.

Fis Awst y llynedd darganfuwyd y crair mewn amgylchiadau trasig gan Dylan Jones, darlithydd yn Adran Hanes Prifysgol Cymru, Caerdydd. Ar y pryd, cysylltwyd y darn o bren hynafol â llofruddiaeth ddwbl yr Athro Emyr James, Pennaeth Adran Hanes Prifysgol Cymru, Caerdydd ac Alanza Gutiérrez-Moreno, archifwraig o Seville. Darganfuwyd corff yr Athro James yn ei swyddfa yn y Brifysgol a chorff Ms Gutiérrez-Moreno mewn ogof ar Benrhyn Rhiwledyn, Llandudno.

Lladdwyd y ddau gan Carlos Aybar-Rivera, Sbaenwr oedd yn adnabyddus i Interpol fel troseddwr proffesiynol oedd yn arbenigo mewn dwyn trysorau hynafol. Ymddengys iddo gyflogi Ms Gutiérrez-Moreno i'w helpu, cyn i anghytundeb rhyngddynt arwain at ganlyniadau trasig. Golchwyd corff Aybar-Rivera i'r lan ger Llandudno dair wythnos ar ôl iddo lithro wrth geisio dianc oddi ar Benrhyn Rhiwledyn. Bu Dylan Jones yn helpu'r heddlu gyda'u hymholiadau, ac mae e bellach yn ôl wrth ei waith yn y Brifysgol.

Yn dilyn ymholiadau manwl gan nifer o luoedd heddlu ar hyd a lled Ewrop, trosglwyddwyd y darn o bren hynafol i ofal Amgueddfa Genedlaethol Caerdydd er mwyn gwneud profion arno. Rhyddhawyd ffrwyth yr ymchwil ddoe.

Mewn datganiad i'r wasg, cyhoeddodd Peter Ward, Archesgob Catholig Caerdydd, 'Dyma grair mwyaf gwerthfawr Cymru, yn ddi-os. Dylai gael ei drysori gan bawb.' Rhoddodd David Griffiths, Ysgrifennydd Cyffredinol Eglwys Efengylaidd Cymru, groeso gofalus i'r newyddion: 'Ni ddylid gosod gormod o bwyslais ar ddarn o bren, ond yn hytrach dylid myfyrio ar yr hyn a gyflawnodd Ein Harglwydd Iesu Grist ar y Pren yng Nghalfaria'. Nid oedd Stephen Moore, Ysgrifennydd Cymdeithas Seciwlar Cymru, mor groesawgar wrth ddatgan, 'Ofergoeliaeth lwyr yw hyn. Bydd rhoi sylw i'r math yma o beth yn llusgo Cymru'n ôl i'r Oesoedd Canol.'

Y gobaith yw y bydd y Groes Naidd yn cael ei harddangos fel rhan o gasgliad parhaol yr Amgueddfa Genedlaethol yng Nghaerdydd. Mewn ymateb i rai o'r sylwadau negyddol a wnaed ynghylch y crair, dywedodd Dr Richards, 'Mae'r Groes Naidd yn haeddu cael lle anrhydeddus yn yr Amgueddfa, ac mae'n hen bryd i ni gael ei gweld unwaith eto. Bellach caiff pobl Cymru a'r gymuned fyd-eang benderfynu drostynt eu hunain beth yw gwir werth y Groes Naidd.'

Diolch i Elinor Wyn Reynolds am roi hyder a hwb i ddau awdur newydd.

Diolch i Dafydd Saer am y gwaith golygu craff.

Diolch i Elin am ei sylwadau ar iaith y testun.